Querverlag

Zwischen den Zeilen

Corinna Waffender

Roman

Dank an Beate Rösch für den Impuls und
an Gertrud Deutz für das kritische Lektorat

Erste Auflage September 2002

Umschlag und grafische Realisierung von Sergio Vitale unter Verwendung einer Fotografie von Peter Sherrard/gettyimages

Druck und Weiterverarbeitung: Druckhaus Köthen
ISBN 3-89656-079-4
Printed in Germany

Bitte fordern Sie unser Gesamtverzeichnis an:
Querverlag GmbH, Akazienstraße 25, D-10823 Berlin
http://www.querverlag.de

In Erinnerung an Birgit, Heike und die anderen Engel

Escriure, doncs, per escapar de la mort, però també
per alliberar les paraules de la presó. De totes les pre-
sons. No escrivim sobre les coses, sinó sobre els noms,
i així les coses, nosaltres, no ens morim.

Schreiben also, um dem Tod zu entkommen.
Doch auch, um die Worte aus ihrem Gefängnis zu
befreien. Aus allen Gefängnissen. Wir schreiben nicht
über die Dinge, sondern über ihre Namen.
So sterben die Dinge, wir, nicht.

Montserrat Roig (1946-1991)

●○●

Zugfahren ist Kino mit Anwesenheitspflicht. Hier spielt sich eine Welt ab, an der Maria nicht teil hat, eine Welt, die sich ereignet außerhalb des Computers, auf dessen Bildschirm sich ihr Leben vollzieht: überschaubar, kontrolliert und jederzeit abrufbar. Ihre Finger gleiten über die Tastatur wie damals über die Tasten des alten Klaviers der Großmutter. Ihre Augen verfolgen ungeduldig, wie sich die Buchstaben aneinander reihen, Worte ergeben, schließlich Sätze und am Ende den einen oder anderen Sinn.

Schreiben ist das Entdecken von Bedeutung.

Und Übersetzen?

Der Versuch, Bedeutung zu erklären, ohne dass es die Leser merken.

Wenn sie nicht arbeitet, isst sie, trinkt Tee, wäscht ab. Geht joggen. Über die Straße, durch den Park, am Wasser entlang. An den Menschen vorbeilaufen, sie flüchtig wahrnehmen, kein Wort wechseln: großartige Großstadt. Dagegen reduziert ein Zugabteil menschliches Zusammenleben auf kleinstem Raum. Ein Albtraum: Schweißfüße, Kindergeschrei, Zeitungsgeraschel. Ein unvorstellbares Miteinander, das nur auszuhalten ist, wenn sie die Ohren mit dem Kopfhörer ihres Discmans verschließt, den Ton der Mitreisenden ab- und die Musik aufdreht, aus dem, was sie umgibt, einen Stummfilm macht. Beobachten statt teilhaben.

Maria klappt den Laptop auf und wartet, bis das Gerät bereit ist. Das dauert eine kleine Weile.

Ich will das kleinste und leichteste Gerät mit dem besten Akku, sagt sie dem Verkäufer.
Das mit dem Akku weiß sie von einem Kollegen: Dann sitzt du im Zug, weit und breit keine Steckdose, und du ärgerst dich die Platze. Die Platze. Berliner sagen komische Dinge.
Sie können mit diesem Gerät Bilder bearbeiten, ganze Filme produzieren, Musik aus dem Internet herunterladen, schwärmt der Verkäufer, während er nervös mit dem Cursor auf der Bildschirmoberfläche herumfährt.
Und schreiben?
Wie meinen Sie das?
Funktioniert es auch als Schreibmaschine?
Er zieht verächtlich die Augenbrauen nach oben und macht eine ausladende Handbewegung. Es verfügt natürlich über ein Textverarbeitungsprogramm, wenn Sie das meinen.
Dann nehme ich es. Vorausgesetzt, Sie löschen alles andere.
Löschen?
Ein passionierter Updater, denkt Maria. Abrüsten muss für ihn das Schlimmste sein.
Ja, löschen: Alles runter von der Festplatte, bis auf Word. Sie will keinen Ballast und sie hat keine Ahnung von Technik. Sie kann Dateien verwalten und ihren elektronischen Schreibtisch organisieren, sie kann E-Mails mit und ohne Anhang verschicken und sie weiß, welche Tasten sie gleichzeitig drücken muss, wenn nichts mehr geht. Der Rest interessiert sie nicht. Sie ist froh, dass sie in ihrem Gepäck kein Ton- und Filmstudio mit sich herumschleppt: Möglichkeit verpflichtet.

Maria verspürt keine Lust aufzuschreiben, was um sie herum geschieht. Dass dem Bilderbuch-Vater von gegenüber die Thermoskanne mit Tee zum dritten Mal umfällt, dass der ältere der beiden Jungs unter neurovegetativen Störungen durch zu langes Gameboy-Spielen leidet, dass die Frau neben ihr das dritte Käsebrot in sich hineinschiebt, ohne vor dem Schlucken zu kauen. Ein kleiner böser Zwanzig-Zeiler, eine Glosse mit dem Titel: Szenen einer Bahnreise. Aber sie ist zu träge, um sie zu schreiben. Diese Art der alltäglichen Berichterstattung überlässt sie lieber anderen. Sie kann nicht persiflieren, was sie nicht ernst nimmt. Wo auch immer sie ist, hat sie das Gefühl, im Theater zu sein, jeder Dialog erscheint ihr aus dem Manuskript gefallen, jede Geste einstudiert. Deshalb schreibt sie nicht über etwas, was angeblich das Leben ist, sondern gleich über die Stücke, die man darüber aufführt, über die Bücher, die man darüber verfasst, und die Musik, die man zu seiner Begleitung komponiert. Auf ihrer Visitenkarte steht: Journalistin mit Kulturbeutel. Die wenigen Redaktionen, für die sie arbeitet, schätzen ihr klares Urteil. Zwischen nichts und Sex gibt es nicht viel zu berichten. Mit Kultur verhält es sich genauso: Kuscheln ist langweilig.
Ein Mann kommt nach Hause, und weil er die Sägespäne nicht sieht, bringt er sich um. Was ist passiert?
Der CD-Player hat sich ausgeschaltet und sie gerät mitten in die Unterhaltung des Bilderbuch-Vaters und der Käsebrotesserin. Gleich wird er so tun, als würde er die Geschichte nicht kennen, vorgeben, nach einer nicht minder idiotischen Lösung zu suchen als nach der, die

er schon als Jugendlicher auf dem Pausenhof gehört hat. Maria drückt auf die Repeat-Taste und hört die CD noch einmal von vorne.

Alles ist neu: der Computer, der Discman, die Reisetasche. Nach Jahren zum ersten Mal über die Stadtgrenze ohne die Ostsee im Visier. Die Züge sind jetzt moderner, nach Frankfurt dauert es nur dreieineinhalb Stunden, anhalten geht nur noch mit Anlauf.

Damit wir zum Stehen kommen, müssen wir schon viele Kilometer vorher abbremsen, erklärt der Vater seinen Kindern kurz vor Hanau.

Während der Fahrt schaut Maria kaum aus dem Fenster, doch jetzt bleibt ihr Blick hängen. Draußen fliegt eine vertraute Landschaft vorbei. Irgendwo hier in der Nähe ist sie geboren, vor mehr als drei Jahrzehnten. Hier an den Gleisen zwischen zwei Bahnhöfen, an denen der Zug nicht hält, muss die Grabstätte ihres ersten Goldhamsters sein. Am Kopfbahnhof der Messestadt steigt sie nicht aus, um sich zu vergewissern, ob ihr Bruder noch dort lebt. Aber sie steht auf, um sich auf den freien Sitz gegenüber zu setzen: Sie will nicht mehr sehen, was sie hinter sich lässt, sie will wissen, was auf sie zukommt.

Die Schriftstellerin hat keine Ähnlichkeit mit dem Foto auf dem Einband ihrer Bücher. Tatsächlich sieht sie im grellen Neonlicht der kleinen Buchhandlung viel älter aus.
Hätte ich gewusst, wie alt sie aussieht, hätte ich sie am Telefon nicht geduzt.
Erzähl mir von dir, sagt die Schriftstellerin auf dem Weg zu einem Café.
Maria verrät nicht, dass ihr der Geruch der Stadt um diese Tageszeit ein melancholisches Summen im Kopf verursacht. Die Fragen, die sie stellen will, bedürfen keiner Erklärung: Es reicht aus, dass sie Journalistin ist, um in Erfahrung zu bringen, was sie eigentlich nichts angeht.
„Was willst du wissen?", fragt die Schriftstellerin, als sie an einem Ecktisch sitzen, der weit genug von der Theke, dem Geklapper aneinander schlagender Gläser und dem Fauchen der Espressomaschine entfernt ist.
„Wie betrachtest du die Stadt, die du in deinen Büchern erzählst?"
Die Schriftstellerin nickt bedächtig, als hätte sie ihr eine Aufgabe gestellt, die sie willens sei zu lösen. Sie lehnt sich zurück und betrachtet die Schubfächer hinter der Stirn. Dann zieht sie entschlossen eines auf und beginnt zu reden.
Maria bleibt mit den Augen an dem großen, geschwungenen Mund hängen. Er ist von kleinen Falten umgeben, die sich schnell auf und ab bewegen, wenn

sie spricht. Sie hört nicht zu. Später wird sie das Band abspielen und aufschreiben, was sie für wichtig hält. Jetzt versinkt sie in der Melodie, die ihr Gegenüber mit spanischen Worten singt. Wenn sie spürt, dass es dem Ende eines Gedankens zugeht, greift sie den letzten Absatz auf, hängt ihm eine neue Frage an und sorgt dafür, dass der Gesang nicht aufhört.
„Hast du eine literarische Heimat?"
„Meiner Meinung nach haben wir Schriftsteller gar keine Heimat. Alle Städte sind mir Heimat. Oder eben nicht", sagt die Schriftstellerin.
Maria kann nicht wissen, ob das stimmt, denn sie hat nur ein Kapitel aus einem der Bücher gelesen, die man von der Schriftstellerin kaufen kann. Nicht aus Desinteresse, es hat sich so ergeben. Dabei kauft sie den ersten Roman schon gleich nach seinem Erscheinen. Er liegt ein paar Wochen auf dem Rolltisch, der keinen festen Platz im Zimmer hat, immer da steht, wo sie sitzt.
Deine Bücher sind wie Schmetterlinge, sagt Teresa. Sie fliegen herum, bunte Lampions, und wenn man sie nicht beachtet, werden sie unbemerkt wieder zu Raupen.
Maria holt Bücher von Flohmärkten, aus Buchläden, Bibliotheken und aus Mülltüten. Sie schlägt die erste Seite auf, liest den ersten Absatz, fällt ihr Urteil schnell und schmerzlos. Entweder legt sie ein Buch nach den ersten Sätzen wieder aus der Hand oder sie nimmt es mit. Stapelt es zu den anderen, die überall in der Wohnung kleine Türme bilden.
Im ersten Satz steckt die ganze Geschichte.

Warum reißt du dann nicht einfach die erste Seite heraus und heftest sie ab?
Das Buch der Schriftstellerin liegt einige Wochen auf dem Rolltisch, bis sie es mit all den anderen in der blauen Plastiktüte ohne Aufschrift in den Container auf der Straße wirft. Seitdem liest sie keine Romane mehr. In vier Jahren keine Zeile. Nicht von dieser Schriftstellerin und auch nicht von den anderen, die sie in den nächsten Tagen treffen wird.
„Dann fühlst du dich in Barcelona nicht zu Hause?"
„In diesem Sinne nicht, nein. Abgesehen davon versuche ich mich schon aus Prinzip vor jeder Art von Etikett zu schützen. Und das wäre eines. Aber ich verstehe natürlich, dass diese Frage wichtig für dich ist..."
Die Schriftstellerin dreht sich zur Seite, angelt nach dem Handy, das in ihrer Handtasche klingelt. Maria bezweifelt, dass sie versteht, welche Frage ihr wichtig ist, aber es bekümmert sie nicht. Sie sitzt hier, trinkt kurz vor Mittag ein Bier und die Angst hält sich in Grenzen. Ihre Hände zittern nicht, sie macht einen souveränen Eindruck, das spürt sie. Sie driftet nicht ab, sie sitzt aufrecht, sie schaut der Schriftstellerin in die Augen, sieht dort nichts anderes als die Augen der Schriftstellerin und die langen Wimpern und schaut nur zur Tür, wenn es Sinn macht.
Maria weiß, dass Teresa nicht hereinkommen wird, aber das heißt gar nichts. Sie weiß das schon lange und trotzdem starrt sie monatelang auf jede Tür.
„...natürlich bin ich Feministin. Ich war schon immer sehr rebellisch. Aber ich mag auch das Etikett der Frauenliteratur nicht. Ich glaube sogar, dass uns

Schriftstellerinnen gerade dieses Etikett mehr schadet als nützt. Auch wenn es einen weiblichen Blick gibt."
„Was meinst du damit?"
„Es ist doch so: Jeder Schriftsteller hat zunächst einmal eine eigene Welt. Und auf die schaut er mit seinen Augen. Du merkst an Kleinigkeiten, ob ein Buch von einem Schwarzen, einem Hindu oder einer Katalanin geschrieben ist. Du merkst das nicht am Stil, sondern an der Art, die Welt zu betrachten."
„Und wie betrachten Frauen die Welt?"
„Keine Ahnung, wie Frauen die Welt betrachten. Ich weiß nur, wie ich als Schriftstellerin die Welt betrachte: von meinem ganz persönlichen Lebensraum aus. Ich sehe nur meine eigene Welt. Wenn du meine Bücher gelesen hättest, wüsstest du besser, was ich meine."
Maria möchte gerne das Diktiergerät abschalten und gehen. Die Schriftstellerin mit ihrer Cola light sitzen lassen und statt dessen ihre Bücher lesen. Aber das wäre unhöflich und deshalb tut sie so, als ob sie bliebe.
„Was ist mit der *mirada bòrnia*? Sich ein Auge zuzuhalten, um nicht vom Strom des männlichen Literaturkanons fortgerissen zu werden, und mit dem anderen nach innen zu schauen, einäugig die eigene Stimme zu finden?"
„Die Sichtweise reicht mir nicht", sagt die Schriftstellerin. „Ich will viel weiter als meine Vorgängerinnen. Ich will mich nicht zufrieden geben mit dem Unterschied. Ich will darüber hinaus."
Über den Unterschied hinaus. Maria wird nicht danach fragen, was denn nach dem Unterschied kommt. Der Körper als diskursive Oberfläche, würde Judith Butler vielleicht antworten, die sich am Vortag mit katala-

nischen Arbeiterinnen auf einem Kongress über den kleinen Unterschied zwischen Frauen unterhalten hat. Der Titel des Artikels in der Tageszeitung lautete: Amerikanische Philosophin diskutiert mit spanischen Putzfrauen. Daneben zwei Fotos: eines von der Philosophin, wie sie herausfordernd in die Kamera schaut, und ein anderes, auf dem drei dicke Frauen vor einem Mikrofon stehen und verlegen auf den Boden schauen. Doch es ist nicht Judith Butler, die Maria gegenübersitzt, sondern eine spanische Literatin, die keine überzeugenden Bilder haben wird für ein Danach, in dessen Davor sie festhängt. Möglicherweise tut Maria ihr unrecht. Möglicherweise sitzt vor ihr eine Diskursspezialistin.
„...natürlich bleibe ich immer eine Frau, wenn ich..."
Nein, vor ihr sitzt keine Diskursspezialistin.

Maria ist müde. Nach drei Tagen und drei Interviews ist ihr langweilig. Das darf in ihrem Beruf eigentlich nie passieren, passiert ihr aber ständig. Sie ist eine mittelmäßige Journalistin. Sie verfügt weder über die Lust, Langweiliges interessant zu schreiben, noch über das Interesse, eine Masse zu begeistern, zu der sie sich nicht zugehörig fühlt. Sie will nicht die Welt verändern mit der Hand voll Artikel, die sie pro Woche schreibt, sie muss sehen, wovon sie ihre Miete bezahlt. Deshalb hat sie das Stipendium beantragt, einen einflussreichen Freund angerufen und gewartet.
Ich will nicht mit dir Bier trinken und ich bin zu müde, um höflich zu sein. Ich brauche das Stipendium. Tu, was du kannst. Bitte.

Und du bist sicher, dass du wieder nach Barcelona willst?
Nein.
Sie ist nicht hier, um sich über Frauenliteratur zu unterhalten. Sie will gar nicht wissen, ob es das gibt. Dann schon lieber: ob Frauen sind und ob Männer sind. Aber die vorwiegend männlich besetzte Kommission zur Vergabe von Forschungsstipendien hätte ihr für die Beantwortung solcher Fragen keinen Pfennig gegeben. Es sind Fragen, die man nur stellt, wenn man sie als Kunst verkaufen kann. Und Kunst ist das Letzte, was sie machen will. Eigentlich will sie gar nichts machen, außer herumsitzen und die Welt betrachten. Vom Sonnenaufgang bis zur Dämmerung. Dann will sie ein Bad nehmen, die Bilder im Kopf und auf der Seele abwaschen, die sich auf die Haut geklebt haben wie Abziehbilder, und nackt in den Schlafsack gleiten, den sie im Hotelzimmer auf das Bett mit den weißen Leintüchern gelegt hat. Weiße Leintücher laden zum Sterben ein und sie will nur schlafen. Tief, kurz, bis es wieder hell wird. Die Dunkelheit vergessen, die Nacht aus dem Leben werfen, so tun, als existiere sie nur im Traum.

„…und schließlich waren es nicht gerade die Frauen, die mich unterstützt haben!"
„Wie meinst du das?" Das Interview dauert länger als ihr lieb ist.
„Ich habe nicht ins Schema gepasst. Mich weder thematisch noch stilistisch an dem orientiert, was wir Frauen" – und hier malt die Schriftstellerin überdi-

mensionale Anführungszeichen in die Luft – „schrieben: Meine Bücher waren außergewöhnlich. Irgendwie anders, komisch. Meine Paten, wenn man dieses Wort benutzen will, waren ausschließlich Männer. Dass meine Bücher gerade am Anfang in der Regel von Männern und nicht von Frauen geschätzt wurden, halte ich für symptomatisch." Die Schriftstellerin legt den Kopf ein wenig schief. „Nichtsdestotrotz schreibe ich als Frau, denn ich bin eine."

„Und betrachtest die Welt dabei mit dem weiblichen Blick?"

„Ja. Um ihn zu überwinden. Ich will nicht an ihm festhalten. Ich will ihn in seinem ganzen Charakter aufdecken. Gerade in der Literatur. Das Problem liegt darin, dass die Herren der literarischen Schöpfung es nicht ertragen, dass eine Frau auf einer Stufe mit ihnen steht. Und solange der Kanon von Männern bestimmt wird, solange die Literaturkritik männlich ist..."

„Lässt sich die Situation nicht ändern?"

„Doch. In dem man das System offen legt. Was passiert denn auf der literarischen Bühne? Eine Masse an durchschnittlichen Autorinnen wird in den Himmel gehoben, mit Literaturpreisen eingewickelt und massenweise publiziert. Dann heißt es: Was wollt ihr denn? Frauen verkaufen doch mehr Bücher als Männer! Die meisten meiner männlichen Kollegen verherrlichen gerade solche Autorinnen, die keinen persönlichen Stil haben. Sie propagieren die Mittelmäßigkeit. Und hier setze ich an: Ich fordere alles von mir, ich gebe mich nicht mit weniger zufrieden als dem Besten. Ich will mein Alles." Die Augen der Schriftstellerin blitzen auf.

„Mich interessiert nicht die pseudopsychologisierende Light-Literatur vieler Autorinnen, die von so vielen Kritikern beiderlei Geschlechts favorisiert wird."
Maria spürt, dass sie hier nicht weiter will. Es ist Zeit für die abschließende Frage. „Betrachten wir die erzählte Stadt als Modell für den Ort menschlichen Zusammenlebens: Empfindest du dich dort als literarische Architektin?"
Die Schriftstellerin nickt entschlossen.
„Auf jeden Fall. Mehr noch: Ich glaube, dass ich die Stadt im Laufe meiner Bücher – in denen sie oft der Ort der Handlung ist – transformieren musste. Ich muss die Stadt meines Vaters, meiner Kindheit umbringen, um eine neue zu gebären. Weißt du, nachdem ich mein letztes Buch geschrieben hatte, sah die Stadt plötzlich ganz anders aus: Ich sah die Straße, in der ich aufgewachsen bin, aus einer neuen Perspektive, der Markt war nicht mehr der, auf dem ich als kleines Mädchen einkaufen war. Das Viertel meiner Kindheit hatte aufgehört zu existieren, die Stadt hatte sich vor meinen Augen und durch die Geschichte, die ich auf ihrer Oberfläche hinterlassen habe, verändert."
Doch eine Diskursspezialistin. Sie weiß es nur noch nicht.
„Findest du das komisch?" fragt die Schriftstellerin.
„Nein. Im Gegenteil." Maria stützt sich auf die Ellbogen, um näher an das Aufnahmegerät zu kommen. „Ich glaube, dass es die Stadt ohnehin nur als Oberfläche gibt, als leere Matrix, die wir mit Bildern füllen: Wir bauen Straßen und Häuser, aber sie werden erst lebendig, wenn sich Geschichten darin abspielen.

Deren Anfang wir uns ausdenken und die wir dann, zusammen mit einer Menge anderer Laien und Zufallsschauspieler, im städtischen Theater zur Aufführung bringen. Auf diese Weise sind wir zugleich Publikum und Regisseure."

„Schönes Bild." Die Schriftstellerin zieht die linke Augenbraue nach oben. Das bedeutet offensichtlich Anerkennung. „Von dir?"

Maria kann nur beide Augenbrauen gleichzeitig nach oben ziehen. „Zusammengestückelt."

Zwischen ihnen ist alles gesagt, ein paar leere Sätze noch, des Ausklangs wegen, die Rechnung.

„Lass mich dich einladen."

„Ach, Unsinn. Ich zahle natürlich."

„Nein, nein, lass nur..."

Danke. War mir ein Vergnügen. Hat mich gefreut. Lass uns in Kontakt bleiben.

Die beiden Frauen verabschieden sich, und wer sie nicht kennt, denkt: zwei gute Freundinnen.

●○●

Maria geht nicht durch die Straßen. Sie schleicht. Kriecht von einer Ecke zur anderen, die in diesem Viertel nicht einfach Straßenecken sind. Die Eckhäuser sind an ihrer Vorderfront abgeflacht, bilden mit ihrem jeweiligen Gegenüber eine parallele Linie. An jeder Ecke zwei Ampeln für die Fußgänger, um die Straßen zu überqueren. Jene, die vom Berg zum Meer führen, und jene, die sie im rechten Winkel kreuzen. Auf tausend Meter fünfzehn Ampeln. Jedenfalls kommt es ihr so vor.

Wenn du Auto fahren würdest, wärst du froh um jede Ampel, die Leute stoppt, bevor sie dir vor den Kühler laufen.

Wenn ich Auto fahren würde, wäre überhaupt niemand sehr lange froh.

Außer mir, wenn ich dich ungestraft von der Seite ansehen könnte. Dann streicht Teresa ihr die Haare aus der Stirn, nimmt ihren Kopf in beide Hände und küsst sie mit geöffneten Lippen.

Die Stadt ist niemals dunkel und wird nie hell. Ein Licht, um stehen gebliebene Träume lebendig zu begraben. Oder Träume ohne Anfang zu beenden. So schnell wie die Plastiktüten mit dem Einkauf zum Abendessen aneinander schlagen: wie die Flügel vom Himmel fallender Vögel.

Der offene Rand von Marias Tüte flattert nervös im Wind. Bis hierher weht das Meer. Dorthin geht sie jetzt nicht. Nicht an diesen Strand, nicht in diese Wunde,

die ihr offen steht. Eine weit geöffnete Tür, die sie flieht.
Sie nimmt die S-Bahn und fährt hinaus aus der Stadt, an der Küste entlang, solange, bis ein Felsen sie verschluckt, dann noch einer und noch einer, bis sie schließlich an dem weiß gekachelten Bahnsteig aussteigt. Wartet, bis die Menschenschlange sich durch den engen Tunnel schiebt, um auf der anderen Seite der Gleise Kopf für Kopf, Bein für Bein wieder herauszukommen. Sie fürchtet sich vor Tunneln. Hineinzugehen und einfach nicht mehr herauszukommen. Auch wenn sie bisher immer wieder herausgekommen ist. Das heißt gar nichts. Sie hält das Risiko, von einem vorbeifahrenden Zug zerrissen zu werden, für weitaus geringer, als im Tunnel zu verschwinden. Deshalb überquert sie die Gleise, als der Bahnhofsvorsteher die Tür seines Büros hinter sich schließt.
Sie kennt den Weg zum Hotel im Schlaf, aber es kommt ihr vor, als wäre alles kleiner geworden oder sie eine Riesin. Selbst das Hefegebäck in der Auslage der Konditorei ist geschrumpft. Der Dorfplatz, den sie großzügig in Erinnerung hat, ist in Wirklichkeit zu winzig für den Brunnen, der darauf steht, und die Bänke, die unter den Bäumen aufgestellt sind, haben die Farbe gewechselt. Nur das Meer ist immer noch dasselbe.
María! Ich kann es nicht glauben! Was machst du denn hier?
Ich wollte nachsehen, ob du noch Haare auf dem Kopf hast.
Sie lachen. Pedro umarmt sie ein wenig zu fest, weil er fürchtet, dass sie nicht wirklich da ist. Anders als

an den Sommertagen, die kein Ende nehmen wollen, wenn die Touristen längst fort sind und sie in den leeren Zimmern des kleinen Hotels Fangen spielen.
Wie lange bleibst du?
Sie zuckt mit den Achseln, weil sie es nicht weiß und weil sie nicht darüber nachdenken will. Sie ist erschöpft.
Ich will ein Doppelzimmer.
Das klingt trotzig. Als fürchtete sie ein Lächeln. Oder eine Frage. Die Pedro nicht stellen wird, weil er sie nicht stellen muss. Weil sie sich von selbst stellt. Ungesagt im Raum ohne Antwort bleiben kann.
Sollst du haben. Das schönste Zimmer für den schönsten Gast.
Er schiebt ihr einen Schlüssel über den Tresen. Er hängt an einem kegelförmigen Stück Eisen, der in der Mitte von einem dicken Gummiring umschlossen wird.
Das beste, sagt Teresa in einem dieser Sommer, sind die Schlüssel.
Das beste, sagt sie, bist du.
Zimmer 303. In jedem Stockwerk des kleinen Hotels gibt es drei Zimmer: Zimmer 101 bis 103, Zimmer 201 bis 203 und 301 bis 303. Im obersten Stockwerk kann man, wenn man genau hinsieht und weiß, wo es ist, das Meer sehen.
Du kennst dich ja aus. Darf ich dich später zum Essen einladen?
Maria schüttelt den Kopf. Sie nimmt ihr Gepäck und er macht keine Anstalten, ihr dabei zu helfen, obwohl er weiß, dass sie die Treppen nehmen wird und nicht den winzigen Fahrstuhl. Er sieht ihr nach und die Einsamkeit, die sie mit sich führt, dringt bis zu ihm, bis in die

Rezeption, an der er sitzt, und er muss aufstehen und die Eingangstür öffnen, die Straße ins Haus lassen. Tief Luft holen.
Oben, im dritten Stock, schraubt Maria ein kleines Fläschchen auf und lässt ein paar Tropfen davon in ein Glas Wasser fallen. Sie duscht nicht, tritt nicht auf den Balkon, zieht nur die Schuhe aus. Dann rollt sie ihren Schlafsack auf dem Bett aus, legt sich hinein, stöpselt die Kopfhörer ein und fällt bei leiser Klaviermusik in Tiefschlaf.

Lebendig gewordene Playmobilmännchen räumen die mit Plastikbechern und Blechdosen gepflasterte Fußgängerzone auf, schieben mit Schaufelbaggern den Müll auf kleine Haufen. Kein Laut dringt mehr aus den schwarzen Löchern, die nach kaltem Rauch und verschüttetem Bier riechen, die ihre Rachen weit aufgerissen haben, jetzt, wo sich nichts mehr in ihnen bewegt als die Putzlappen der Reinemachefrauen, die aus weißen Plastikflaschen Desinfektionsmittel versprühen. Das nach Tannen und Lavendel duften soll.
Maria ist nicht die Einzige, die um diese Uhrzeit zum Strand spaziert, wo sich die Liegestuhlvermieter auf einen geschäftigen Tag vorbereiten. Sie rechen den Sand, entfernen die liegen gebliebenen Reste nächtlicher Besucher und holen die Sonnenschirme aus den Verschlägen. Schon gehen die ersten baden und alles deutet darauf hin, dass dieser Sonntag einer der letzten warmen Tage in diesem Jahr werden könnte.
Maria, die hier María mit gerolltem R heißt, sitzt auf der steinernen Treppe, die von der Promenade

zum Strand hinunterführt. Sie zieht die Schuhe aus, schlägt die Hosenbeine nach oben, zündet sich eine Zigarette an. Sie raucht nicht wirklich. Keine Lungenzüge, nur Qualm im Mund, den sie elegant ausbläst, damit niemand den Betrug bemerkt. Das ist nicht einfach: Rauch, der einmal in der Lunge war, ist dünner, feiner, lädt seine Schwere im Körper ab. Marias Rauch ist dick und weiß, wenn sie ihn ausbläst. Deshalb nimmt sie den Mund nie zu voll davon und stößt ihn langsam, mit angehaltenem Atem wieder aus. Alle lachen, wenn Maria sagt, sie raucht schon lange nicht mehr.

Am Strand gibt es eine aus großen Steinen aufgeschüttete Mauer, die ins Meer führt. Darauf stehen zwei Duschen aus Stein. Von weitem kann man sie für Lampen halten oder für Relikte alter Science-Fiction-Serien.

Kennst du *Raumschiff Enterprise*?

Nein. Was ist das?

Eine Fernsehserie, die ich als Kind geliebt habe. Das Beste war, dass sich die Crew des Raumschiffs selber auf andere Planeten verschicken konnte: Sie konnten sich wegbeamen.

Teresa will wissen, ob sie glaubt, dass das mit dem Beamen eines Tages funktioniert.

Das funktioniert schon seit der Neutronenbombe. Wir können uns danach nur noch nicht wieder zusammensetzen.

Teresa lacht, Maria nimmt sie an der Hand.

Aber wir können es ja mal versuchen.

Dann dreht sie an dem Hahn der Dusche, unter dem sie stehen, und eisiges Wasser prasselt im November auf ihre Anoraks.
Jetzt beobachtet sie dort eine Frau, die räudige Katzen füttert. Vor zwanzig Jahren, denkt sie, hätte das die Schriftstellerin sein können, die ihr seit Tagen nicht mehr aus dem Kopf geht, die sie über den Dächern der großen Stadt in der Wohnung mit den zugezogenen Fenstern zurücklässt, ohne sich noch einmal auf der Treppe nach ihr umzudrehen.
Wäre die Frau dort drüben die Schriftstellerin, dann lebte der Mann an ihrer Seite noch. Die beiden hätten vielleicht in einem kleinen Apartment bei Freunden auf einer Matratze übernachtet. Sich am frühen Morgen in der Küche an die verhungerten Gesichter der Katzen am Strand erinnert. Sie hätten in den Abfalltüten gewühlt, die leeren Thunfischdosen ausgekratzt und den Rest harten Brotes eingeweicht, bevor sie losgezogen wären, die klappigen Tiere zu füttern, die der Hund jetzt zusammentreibt wie eine kleine Herde Schafe.

„Ich weiß nicht, was ich die ersten beiden Jahre nach seinem Tod gemacht habe", sagt die Schriftstellerin. „Innerlich geschlafen, wahrscheinlich. Und als ich allmählich wieder zu mir kam, da gab es kein Zusammenspiel mehr zwischen meinem denkenden Kopf und meinen schreibenden Händen. Es war, als hätte er die Koordination all dessen, was in mir war, mit in den Tod genommen. Ich konnte denken, ja. Ich konnte auch

schreiben. Aber die beiden Dinge zusammenzubringen, musste ich erst wieder lernen."
Die Schriftstellerin und der Schriftsteller kaufen die Wohnung mit der Dachterrasse, weil der Schriftsteller viele seine Bücher verkauft. Dann stirbt der Schriftsteller, die Schriftstellerin lebt mit einem neuen Herzen, das sie auf einem Ergometer trainiert, und schreibt Bücher über Liebe und Tod.
Die Sonne scheint. Maria kommt ein wenig zu spät, weil sie die Hausnummer nicht findet, niemand in den umliegenden Geschäften kennt die Schriftstellerin, nicht einmal die Kioskbesitzerin an der Ecke. Die Wohnung riecht nach den beiden Hunden, die an Maria hoch springen.
„Wenn du willst, sperr ich sie weg. Aber sie tun nichts. Sie freuen sich nur über jeden Besuch. So wie ich."
Die Schriftstellerin bittet Maria, ihr gegenüber Platz zu nehmen, an dem Schreibtisch, der von zwei Seiten zu benutzen ist. An den Wänden Fotografien: Der Schriftsteller mit dem Pudel auf dem Arm, lässig an die Terrassenbalustrade gelehnt, der Schriftsteller mit Hemd und Krawatte als Präsident des städtischen Schriftstellerverbandes, der Schriftsteller mit zwanzig lachend, mit dreißig lächelnd, mit vierzig seriös, mit fünfzig ernst, danach gibt es keine Bilder mehr an der Wand.
„Woran ist er gestorben?" fragt Maria.
„Krebs."
Maria beobachtet die Frau am Kai und zählt die Katzen. Siebenundzwanzig. Vielleicht eine mehr oder weniger. Ist das wichtig? Als Kind steht sie neben dem Groß-

vater, der die frisch geborenen Katzen in einen Kartoffelsack voller Steine steckt und in den Bach wirft. Ist das wichtig? Ihr Kopf rauscht, sie muss aufpassen, nicht den inneren roten Faden zu verlieren. Wortfelder bilden: Katzen, Katzenallergie, Asthma, Krebs.

Der Schriftsteller stirbt an Krebs und hinterlässt Erinnerung und Trauer. In jedem Wort der Schriftstellerin lebt sein Schatten, sie trägt ihn auf der Haut und im geborgten Herzen. Maria würde die Schriftstellerin gerne fragen, wie es sich anfühlt, mit einem Herzen zu leben, das eigentlich nicht ihr gehört, aufzuwachen und nicht zu wissen, ob und wie lange man sich darauf verlassen kann, dass es schlägt. Ein Secondhand-Herz, das eine Seele verliert und eine neue zugewiesen bekommt, wie eine Journalistin, die heute einen Auftrag hat und morgen einen anderen, und manche davon verlieren einfach von heute auf morgen an Wichtigkeit. Aber ein Herz ist immer wichtig.

Vielleicht, überlegt Maria, will es die Schriftstellerin am Ende nicht mehr haben, das geborgte Herz. Starrt nächtelang auf den Beeper, der Alarm auslöst, wenn man einem sterbenden Körper das noch warme Organ aus dem Leib reißt, während der Schriftsteller gegen das Untier in sich kämpft. Warum nicht das Monster einverleiben, austauschen das zerfressene Bündel Fleisch gegen ein schwaches Herz, diejenige sein, die gehen darf und nicht zurückbleibt mit einem Leben am seidenen Faden, der nicht abreißen will. Es ist ungerecht. Wenn sie wenigstens mit seinem Herzen leben dürfte.

Maria klappt das letzte Buch der Schriftstellerin auf.

Die gedruckte Widmung lautet: *Für Dich, meine große Liebe.*
Die handschriftliche Widmung heißt: *Für María und den weiblichen Blick.*
Sie liest den ersten Satz des ersten Kapitels. Er ist kurz, drei Worte. Dann ein Absatz. Optisch viel versprechend. Sie wird dieses Buch lesen, das ist sie der Schriftstellerin mit den Hunden schuldig. Sie weiß, dass in diesem Buch der Schmerz steckt, der die Hände der Schriftstellerin zittern lässt, wenn sie sich eine Zigarette nach der nächsten anzündet, dass zwischen den Zeilen der stumme Schrei aus verzweifelter Einsamkeit lauert, der sich in den Wänden ihrer Wohnung eingenistet hat.
Was soll ich schreiben, wenn nicht mich?
Maria klappt das Buch zu. Die Frau und die Katzen sind fort. Es ist ungewöhnlich still, es weht kein Wind. Genau der richtige Tag, um am Strand zu lesen, Chips zu essen und Dosenbier zu trinken.

Das Bett ist ein Brett und darauf liegt eine Matratze, die von namenloser Liebe durchgelegen ist. Sie kennt dieses Zimmer nicht, aber sie erinnert sich an den Geruch nach Benzin und Fett, der leicht, kaum spürbar an der Fassade des Hotels klebt. Sie steht nie auf dem Balkon, sieht immer nur aus dem Fenster, wenn es ihr gelingt, sich lautlos von Teresas Körper zu entfernen: eine Diebin, die Körperwärme stiehlt.
Die lautlose Leere neben mir macht mir Angst. Geh laut, wenn du gehen musst. Mach Lärm, lass mich nicht im Schlaf zurück, meine Hand ist verlassen auf der Suche nach deinem Atem.
Ich verlasse dich nicht, wenn ich gehe.
Doch.
An Schlaf nicht zu denken. Was glaubt sie: dass sie die Erinnerung wegsteckt wie eine alte Briefmarke, die nicht mehr ausreicht, um eine längst geschriebene Ansichtskarte zu frankieren? Maria sitzt auf der Bettkante und raucht. Unter ihren Füßen klappert eine lockere Kachel, an der eine Ecke fehlt. Sie wippt sie mit der Schuhspitze hin und her.
Das passiert, wenn du den Estrich nicht glättest. Eine unebene Stelle und sie bricht.
An den Wänden ist es einfacher. Darauf läuft niemand herum.
Wer weiß?
Maria kann nichts tun, außer darauf zu warten, dass ihr einfällt, was sie will. Vielleicht: ihr Inneres unbemerkt

besuchen, als zeitloser Gast auf der Suche nach Fehlern in der Erzählung. Vielleicht: aus sich herausgehen, sich einfach hier sitzen lassen und hinunterlaufen zum Strand, hinein in die Schwärze der Nacht, auf Händen ins Wasser gehen, bis die Wellen an die Augen schlagen. Vielleicht auch: die schlechten Bilder, die Kopien von schlechten Bildern sind, von den Wänden reißen, darauf herumtrampeln, bis das Glas zerbirst und die Splitter sich in die Fußsohlen bohren. Fleisch und Blut, damit sie spürt, dass sie noch lebt. Ans Kreuz mit ihr. Über dem Bett hängt kein Jesus, sie denkt ihn ohne zu zögern dorthin: Er trägt ein blau-weißes Gewand, sitzt am Gipfel eines Berges. Hat die schlanken Hände um das angezogene Knie gefaltet, den wohlgeformten Kopf (blond gelocktes, langes Haar, geschwungener Mund) leicht zur Seite geneigt und schaut aus stahlblauen Augen auf den See.
Wenn ich groß bin, werde ich Jesus und wohne am Geleelazarett.
See G-e-n-e-z-a-r-e-t-h, und im selben Augenblick sehen sie die große schwarze Spinne, so groß wie ein Flügel der Engel, die im Himmel herumflattern, und die Großmutter lässt sie allein in der Hölle zurück, um einen Besen zu holen.
Sie stellt die noch brennende Zigarettenkippe aufrecht auf den Fußboden und gibt dem Impuls des kippenden Körpers nach. Über ihr hängt der Fernseher, der an einem Teleskoparm aus dem Nichts schießt. Angst ist gut, weil man dann keine Angst bekommen kann, denkt sie. In Marias Kopf wohnen Worte, die kein Mensch aussprechen kann, am wenigsten sie selbst.

Sie tanzen fiebrig vor ihren Augen, summen in ihren Ohren und hämmern in ihren Schläfen. Eingesperrt sind sie und sie weiß nicht, wo.

Am liebsten nähme ich deinen Kopf mit aufs Revier, sagt Teresa. Da könnte er dann liegen und mir Gesellschaft leisten. Langweilig wäre ihm bestimmt nicht. Er könnte sich damit die Zeit vertreiben herauszufinden, warum Männer ihre Frauen schlagen, Frauen ihre Kinder, Kinder ihre Katzen, Junkies vor die Hunde gehen und Großmütter so bescheuert sind, ihre Ersparnisse in der Handtasche mit sich herumzutragen. Neulich hat einer einen anderen umgebracht, weil er ihm den Parkplatz weggenommen hatte. Den ganzen Tag könnte dein Kopf auf meinem Schreibtisch liegen, in den Akten lesen und darüber nachdenken, wo Gott ist.
Das sind nicht meine Gedanken, sagt Maria. Meine Gedanken denken sich von selbst.
Ihr Kopf produziert Fragen ohne Anlass. Sie stellen sich ein, wenn sie nicht mit ihnen rechnet, wenn sie sich sicher fühlt vor der Außenwelt. Dann schlägt ihr Inneres zu. Fragen, die auf keine Antwort warten. Was war da und was nicht? Als Kind wacht sie davon auf: Gibt es sie überhaupt? Sie sucht mit den Augen nach ihrer Hand unter der Decke, lässt sie darunter hervorkommen. Wenn es ihre Hand gibt, muss sie einen Grund haben. Einen Arm, der daran hängt. Ein Kind, das daran hängt. Sie. Dann befiehlt sie ihren Beinen, in die Küche zu gehen. Sie gehorchen. Dann ruft die Großmutter ihren Namen. Auf der Stelle wird sie ruhiger: Wenn sie einen Namen hat, muss sie existieren.

Alles, was einen Namen hat, existiert. Maria, flüstert sie leise vor sich hin.
Ihr Kopf ist eine Maschine. Er produziert in einem fort Bilder, die von Geburt an laufen können: unendliche Filme, ohne Anfang und Ende, die sich parallel zu dem abspielen, was Realität heißt. Dazu kommen die Bücher. Die Menschen in ihnen, die leben und doch nicht. Ihre Gefährten. Namenlose, gesichtslose Geschöpfe, die sie begleiten. In die Schule, zur Universität, zur Arbeit. In Cafés, Bars, Kinos, in die Dunkelheit eines fremden Körpers. Stimmen, die sich zwischen die Lippen der Geliebten und ihren Mund schieben, ein Rauschen auf der Haut, wie am Meer. Die Stille kommt erst mit Teresa und sie nimmt sie wieder mit sich, als sie geht. Danach finden sich die Schatten ein, die sich an Marias Fersen heften wie Spione und die nicht zulassen, dass sie von sich selbst ablässt.

Sie schläft dicht unter der Oberfläche. Sonst zieht ein Sog sie in die Tiefe. Sie stürzt hinunter, doch sie schlägt nicht auf. Kurz zuvor erwacht sie und nimmt zur Kenntnis, dass sie noch lebt. Das Fenster, der Himmel, die verschwommenen Muster eines Tages, der noch nicht wirklich geschlüpft ist. Dann kommt der Tag und schließlich der Moment, in dem Dämmerung und Morgengrauen nicht voneinander zu unterscheiden sind: wenn die Silhouetten der Gegenstände im dunklen Zimmer an Kontur verlieren.
Jetzt kippen die Umrisse in die Unkenntlichkeit und es wird Nacht. Maria macht die Lampe, die sie vom Bett aus betätigen könnte, nicht an. Ihre Augen werden

sich an die Dunkelheit gewöhnen, von Zeit zu Zeit wird ein anderer Hotelgast ihren Balkon erhellen, weil er ins Badezimmer geht und das Licht anknipst. Er wird sich die Zähne putzen, vielleicht duschen, sich umziehen und sich bereitmachen für einen unterhaltsamen Abend an einem Urlaubsort, von dem im Prospekt steht: *Entspannend am Tag, aufregend in der Nacht.*
Maria wird hier bleiben. Geh in das Gefängnis. Begib dich direkt dorthin. Geh nicht über Los. Sie wird weder eine Gemeinschaftskarte ziehen noch eine Ereigniskarte. Sie wird sich auf gar kein Spiel einlassen, sondern da bleiben, wo sie ist, und warten. Sie setzt sich auf und zieht die Schuhe aus. Schöne, schwarze neue College-Schuhe.
Welche Größe hat denn ihr Sohn?
Neununddreißig. Die gleiche Größe, die ich auch habe. Wenn sie mir passen, passen sie ihm auch, verstehen Sie?
Sie hat sich die Schuhe einpacken lassen und sie erst angezogen, als der Schuhladen außer Sichtweite war. Sie ist eine Fremde hier. Sie kann nichts riskieren. Sie streift die Socken ab. Die Kacheln unter ihren nackten Fußsohlen sind kalt. So kalt, dass sie aufstehen muss. Sie geht auf den Balkon, stützt sich mit den Armen auf das schmiedeeiserne Geländer. Unter ihr liegt der verlassene Minigolfplatz, der allmählich von den wild wuchernden Pflanzen eingenommen wird. Niemand kümmert sich darum, ein Stück Niemandsland, dessen Grenzen die streunenden Hunde und Katzen unkontrolliert passieren. Man könnte ihn wieder beleben. Unkraut jäten, eine Cocktailbar hineinbauen,

Kerzenlicht, gelbe und rote Lampions, leise Jazzmusik, ein Brunnen, der plätschert, als wäre er das Geschenk eines Kalifen. Die, die sich kennen lernen wollten, könnten eine Runde Minigolf spielen, die, die sich schon zu lange kennen, auch.
Du und deine Ideen. Möchte mal wissen, warum du nicht schon längst reich bist.
Weil es mir reicht, mir die Dinge vorzustellen.
Der Schritt zurück ins Zimmer, ein Schritt in die Leere. Dort auf dem Bett liegt kein schlafender Körper, der darauf wartet, dass sie ihn berührt, kein Kopf, der in der Nacht ihre Schulter sucht, kein Mund, der ihre geschlossenen Augen mit den Lippen öffnet. Dort auf dem Bett liegt unübersehbar kalt und starr die Sehnsucht, nach der sie sich verzehrt, die sie sich versagt, die zwischen ihren Beinen einen langsamen, gnadenlosen Tod stirbt. Sie hat keinen Namen parat, den sie rufen will, kein Bild, das sie beschwört. Es gibt keine Augen, die sie aus der Stille heraus anschauen, keine Fingerspitzen, die sie sich an die Schläfe träumt. Es gibt nur das verlassene Bett, vor dem neue Schuhe stehen, die ihr gehören und doch nicht.

Maria wacht davon auf, dass ihr Kopf dröhnt. Ein Pochen hämmert gegen ihre Schläfen. Wenn sie die Augen öffnet, wird ein scharfer Schmerz eindringen. Also hält sie die Lider geschlossen, versucht zu spüren, wie spät es ist. Jede Dunkelheit hat einen Geruch, der die Uhrzeit verrät. Draußen surrt die Belüftungsanlage, von fern hört sie Stimmen, auf dem Minigolfplatz ist alles ruhig. Sie hat Durst und es steht nichts zu Trin-

ken in Reichweite. Aufstehen ist ausgeschlossen, also träumt sie von einem Glas Wasser, das neben dem Bett stünde, nach dem sie nur zu greifen bräuchte, wenn sie wollte. Aber sie will nicht.
Warum liegt sie hier? Warum ist sie nicht da, wo sie hingehört: In einer Wohnung, an deren Klingel ihr Name steht, in einem Bett, das ihre Träume nicht belauscht? Gehört sie dorthin? Nur jetzt keine Angst.
Es ist egal, wo du bist, du nimmst dein Leben mit.
Aber was, wenn es mir abhanden kommt, durch die Finger rinnt, wie feiner, weißer Sand? Wenn es mich verlässt, an einem Ort, an dem mich nichts an mich erinnert, an dem ich mich vergesse, wie ein liegen gebliebenes Badelaken am Strand?
Das mit dem Badelaken ist Unsinn, denkt sie. Vergessene Badelaken sind ungewöhnlich, sie sind zu groß. Doch es gibt sie: zusammengeknäuelt, sandig, in der Nähe von Abfalltonnen oder Segelbooten. Ein hastiger Aufbruch, ein Regenschauer, eine unerwartete Begegnung – im Grunde gibt es ebenso viele Gründe, ein Badelaken zu vergessen wie sich selbst.
Ihr Herz klopft schnell, das ist ein schlechtes Zeichen. Sie muss etwas tun, gegen den aufziehenden Sturm in ihrem Inneren, darf dem Rasen nicht nachgeben.
Steh auf, mach das Licht an.
Kann nicht.
Da ist die Müdigkeit, die sich wie ein Schatten auf ihren Körper legt, die jeden Gedanken an Raum erstickt. Auf ihren geschlossenen Augen liegt ein tonnenschweres Nein.
Denk an etwas anderes, an etwas Schönes.

Sie sucht nach Bildern in ihrem Gedächtnis, aber keines davon kann sie beruhigen. Sie löscht die Gesichter, die an ihr vorüberziehen. Gesichter, die nichts mehr bedeuten, tote Augen haben. Sie lässt die Straßen, die Häuser, die Stadt, das Meer links liegen, sie geht ganz zurück. Dahin, wo sie zärtlich mit den Händen über kalte Steine streicht. Über Baumrinde und Moos. Es riecht nach feuchter Erde und über ihr der Himmel ist weit und blau, und an dem Faden in ihrer Hand zieht ein Plastikadler, der hoch oben im Wind tänzelt. In der Tasche ihres grünen Anoraks sind Karamellbonbons, eingepackt in goldfarbenes Papier, die teilt sie mit unsichtbaren Freunden. Da steht ein Baum, ein Pferd, da ist eine Brücke, die führt über das Wasser, sie kennt jeden Meter, jeden Ast, jeden Strauch, und sie hat immer ein Zuckerstück dabei. Als ob sie wüsste. Die großen Nüstern auf der nackten Haut sind kühl und heiß zugleich und die Zunge des Tieres, die noch lange die Handfläche leckt, nachdem das weiße Quadrat verschwunden ist, ist rau und macht ein vertrautes Geräusch. Sie geht weiter und da steht der Kirschbaum. Sie breitet die Arme aus und wie von selbst trägt der Wind sie in die Baumkrone. Dort, kurz unter dem Himmel, legt sie sich in das weiche Blättermeer, das sie leise wiegt, und schläft ein.
Als sie erwacht, ist es hell. Das Dröhnen in ihrem Kopf lässt nach, der Durst ist schlimmer. Sie wird sich duschen, anziehen und an der Hotelbar einen dieser Kaffees trinken, die immer dunkelbraun bleiben, ganz gleich wieviel Milch sie hineinschüttet. Dann wird sie weitersehen.

Vor der Universität werden Kastanien und Süßkartoffeln verkauft. Daran und an den Karos auf Hosen, Jacken und Pullovern, zeigt sich der bevorstehende Winter unter Palmen und Platanen. Maria ist eine halbe Stunde zu früh, heute braucht sie das Gefühl der Vertrautheit vor Ort, bevor sie fremde Menschen trifft. Obwohl sie weiß, wo der Kongress stattfindet, geht sie zum Informationsschalter in der Eingangshalle, in der die Schritte der Besucher sich zu einem rhythmischen Geklapper zusammenfinden. Nach dem Ort fragen gibt Sicherheit.
Links die Treppe hoch, und dann sehen Sie schon den Aufgang zur Aula Magna. Haben Sie eine Einladung?
Ich bin Journalistin aus Deutschland. Sie zeigt ihren Ausweis und fragt nach der Schriftstellerin.
Sie hält gerade ihren Vortrag.
Dann gehe ich noch einen Kaffee trinken. Sie reicht der jungen Frau in der blauen Clubjacke ihre Visitenkarte. Könnten Sie ihr bitte ausrichten, dass ich in einer halben Stunde unten im Hof auf sie warte?
Maria erinnert sich an die kleine Cafetería im Untergeschoss. Hier ist alles unverändert, auch die Qualität des Kaffees, den sie mit wenigen Schlucken in sich hineinschüttet. Sie ist aufgeregt. Die Schriftstellerin, die sie gleich treffen wird, ist etwas Besonderes: Maria versteht nicht, was sie schreibt. Immer und immer wieder versucht sie den Worten Sinn zu verleihen. Dann bemerkt sie, dass es an der Sprache liegt. Die Schriftstellerin schreibt gar nicht auf Spanisch. Da ist

Maria vierundzwanzig Jahre alt und beschließt, Katalanisch zu studieren.
Wieso ausgerechnet Katalanisch?
Weil es die erotischste Sprache ist, die ich kenne.
Teresa lächelt: María, estimada...
Es fällt leichter Nieselregen und der Innenhof ist menschenleer. Die dunkle Oberfläche des Teichs ist gekräuselt, die orangefarbenen Silhouetten der Goldfische sind kaum zu erkennen. Unter den Vordächern des alten Gebäudes drängen sich Studenten, lehnen an Säulen, hocken an der Wand, sitzen auf den steinernen Treppen, trinken Kaffee aus Pappbechern.
Sie will es nicht denken, es denkt sich von selbst. Dass sie nicht mehr dazugehört. Dass sie alt ist. Zu alt für einen Studentenausweis, zu alt für die Mensa, zu alt für Ermäßigungen. Man könnte sie für eine Gastprofessorin halten, vielleicht auch nur für eine Teilnehmerin des Kongresses, auf dem die Schriftstellerin gerade einen Vortrag hält. Sie könnte eine Touristin sein, die sich aus architektonischem Interesse das alte Gemäuer ansieht, oder das, was sie ist, wenn man nicht hinter die Fassade schaut: eine Journalistin, die auf ihre Interviewpartnerin wartet. Die jetzt in einem türkisfarbenen Kostüm durch einen der Torbögen kommt und sich suchend umsieht.
Sie hat Ähnlichkeit mit meiner Mutter. Ist das schlecht?

Sie sitzen auf einer der steinernen Bänke und Maria hält das Diktiergerät in der Hand, während sie miteinander sprechen. Die Schriftstellerin ist anders als ihre vorangegangenen Gesprächspartnerinnen, denn sie ist Professorin. Sie ist wichtig, ihre Meinung wird ernst genommen. Deshalb spricht sie schnell: Sie hat viel zu sagen und sie hat eine klare Botschaft.

„Ich gehöre zu einer Schriftstellerinnengeneration, die vor einem Problem stand: Wir mussten in erster Linie nach hinten schauen, auf die Suche nach unseren Müttern gehen, uns auf die Vergangenheit und unsere Vorbilder beziehen. Simone de Beauvoir hat gesagt: Wenn ein Mann schreibt, denkt er nicht darüber nach, dass er ein Mann ist. Wenn eine Frau schreibt, überlegt sie sich sehr wohl, dass sie das als Frau tut. Ich glaube, dieses Bewusstsein haben wir überwunden. Heute, im einundzwanzigsten Jahrhundert, haben wir Schriftstellerinnen in Spanien diesen Bezugspunkt hinter uns gelassen und schreiben mit viel größerer Freiheit. Die Tatsache, ob wir schreiben oder nicht, hat weniger mit unserem Geschlecht zu tun. Aber dass wir Frauen sind, wird uns im täglichen Leben bewusst. Wenn wir die Burkas der Frauen in Kabul sehen, wenn wir uns fragen: Was geschieht mit Frauen in der islamischen Welt? Oder wenn wir uns damit auseinandersetzen, dass in Spanien jährlich fast hundert Frauen durch die Misshandlung von Männern sterben! All das führt nicht zu einer anderen Literatur, sondern zu einer anderen Haltung, einer kämpferischen Haltung innerhalb der Gesellschaft. Ich bin keine feministische Schriftstellerin, ich bin ein feministischer Mensch, das ist ein Unterschied."

Die Schriftstellerin sagt das offenbar mit derselben Häufigkeit, wie Männer Frauen prügeln. Ihre Worte

klingen abgeklärt, wohl durchdacht und überzeugend.
„Beeinflusst die Stadt, in der Sie leben, Ihre literarische Arbeit?"
„Ich weiß es nicht. Natürlich glaube ich, dass die Umgebung die Person beeinflusst. Aber ich bin mir nicht sicher, ob sie die Art der Literatur bestimmt. Ich jedenfalls habe in meiner ersten Kurzgeschichte die Sehnsucht nach dem Meer in einer Stadt beschrieben, in der sich die Protagonistin nicht zu Hause fühlte, in der es ihr nicht gut ging. Möglicherweise hätte ich diese Geschichte so nicht geschrieben, wenn ich nicht nach Barcelona gekommen wäre, um hier zu leben."
Maria ist bemüht, das Mikrofon unaufdringlich nah an die Lippen der Schriftstellerin zu bringen, die jetzt ganz Professorin ist und eine kleine Vorlesung zum Thema Großstadtliteratur hält. Maria aber ist hängen geblieben: Möglicherweise hätte ich diese Geschichte so nicht geschrieben, wenn ich nicht nach Barcelona gekommen wäre, um hier zu leben, sagt die Schriftstellerin.
Würde, hätte, wäre: Irrealis. Eine ganz und gar unsinnige Zeit, findet sie. Als Dozentin für Deutsch als Fremdsprache empfiehlt sie ihren Studenten, den Konjunktiv II zu vernachlässigen.
Warum?
Weil es für euer Gegenüber uninteressant ist zu wissen, was nicht geschehen ist. Viel wichtiger ist die Perfektion im Ausdruck der Vergangenheit. Die Realität zu beschreiben, statt Annahmen zu äußern. Und noch

wichtiger: Das Präsens. Die Gegenwart. Die einzige Zeit, die wirklich zählt.
Auch sie selbst bevorzugt würde-lose Sätze. Außer denen, die ihr immer wieder durch den Kopf gehen, die keine Rücksicht nehmen auf ihre Prinzipien.
Was wäre gewesen, wenn ich niemals nach Barcelona gekommen wäre. Was, wenn ich nicht in die winzige Bar gegangen wäre? Was wäre gewesen, wenn man mich auf dem Nachhauseweg nicht mit dem Messer bedroht und ausgeraubt hätte?
Du wärest mir an einem romantischeren Ort begegnet als auf dem Polizeirevier.
Doch Maria ist sich nicht sicher, ob das Leben nicht lange abgesprochen ist, bevor es beginnt.

Die Schriftstellerin hat ihren Diskurs beendet.
„Fühlen Sie sich in Barcelona zu Hause?"
„Ich fühle mich sehr aufgehoben, es ist eine gastfreundliche Stadt, die Fremde gut behandelt, zumindest war das so, als ich hierher kam, um zu studieren. So gesehen hatte ich kein Problem als Zugezogene, möglicherweise auch deshalb, weil ich eine Frau bin. Ich glaube, wir Frauen können uns besser in einer neuen Umgebung akklimatisieren als Männer. Ich halte es für eine weibliche Eigenschaft, offener zu sein, durchlässiger und sich stärker für das Fremde und Unbekannte zu interessieren."
„Wirklich?"
„Ja." Die Schriftstellerin holt Luft und wird ihr die Sache angemessen erklären.

Maria könnte ihr das Wort abschneiden: Das Einzige, was wirklich offen für das Fremde ist, ist die Angst. Sonst ist das Fremde nicht fremd, sondern nur ein wenig ungewohnt. Die Angst vor der fremden Stadt, die eine andere Sprache spricht als deine Seele, spürst du, wenn du das Haus verlässt, um Dinge zu erledigen, die du nur erledigst, um das Haus verlassen zu können. Wenn du um ein Café herumschleichst, dessen Wärme dich schon vom Hinschauen berührt, und du nicht hineingehst, weil du fürchtest, dass hinter der beschlagenen Glastür die Welt einfach enden könnte und sich hinter dir der Notausgang für immer verschließt. Die Stadt ist ein Gefängnis frei herumirrender Menschen auf der Suche nach einem Ziel: den Schritten Bedeutung zu verleihen. Doch das behält sie für sich.
„Die Stadt", sagt die Schriftstellerin, „ist immer ein Treffpunkt für unterschiedliche Menschen aus verschiedensten Bereichen. Aber seit Walter Benjamin wissen wir auch, dass sie ein Ort ist, an dem das Individuum in der Masse untergeht, an dem sich das Ich auflöst, mit durchaus negativer Bedeutung. Die Stadt ist ambivalent."
Maria nimmt einen leichten Schwindel wahr, das Türkis des Kostüms der Schriftstellerin vermischt sich verdächtig mit dem Grün der Hecke hinter ihr. Die Stadt ist ambivalent. Der Satz rauscht in ihren Ohren wie ein Wasserfall, an dessen Klippen sie zu nah herangetreten ist. Am-bi-va-lent. Das Wort baut sich vor ihr auf, bedeutungslos, geschmeidig und auf Zehenspitzen tänzelnd. Sie gleitet ab, rutscht aus, tritt innerlich neben die Spur und sucht Halt auf einer Ebene, die einen

anderen Wortschatz hat. Sie muss zurück. Das Heft. Sie wird eine Frage aus dem Heft vorlesen. Besser eine unsinnige Frage, als keine.
„Welche Rolle spielt das Katalanische in Ihrem Werk?"
„Als ich begann zu schreiben, habe ich aus politischen Gründen..."
Die Worte der Schriftstellerin fallen wie Steine auf Asphalt und Maria versucht, den Splittern auszuweichen. Fragen. Weiterfragen, mahnt eine innere Stimme.
„Inwiefern politisch?"
Die Schriftstellerin hat die Antwort längst parat und Maria gewinnt eine Hand voll Sekunden, die ausreichen, ihren Geist an den Ort zurückzubefehlen, den er unerlaubterweise verlassen hat. Sie nimmt den linken Daumen und drückt ihn in die Mitte der rechten Handfläche. Das beruhigt sie. Die Worte der Schriftstellerin plätschern auf sie zu und sie nickt sie vorbei. Maria hat sich wieder im Griff. Sie ist jetzt hundertprozentig das, was sie vorgibt zu sein: Journalistin.
„Sie haben einmal gesagt: Nicht du wählst die Sprache, sondern die Sprache erwählt dich."
„Genau. Die Sprache, in der man die Welt sieht, ist die Sprache, in der man sich normalerweise am besten ausdrückt. Die Sprache, in der ich spreche und schreibe, ist die Sprache meiner Großmutter, das Mallorquinische."
Maria kennt sich im Thema aus. Zu beweisen, wie viel sie weiß, ist wichtig. Kompetenzverdacht erwecken ist die Eintrittskarte zur Informationsbeschaffung. Journalistenschule erstes Semester. Auch: Das Gegenüber vom Steckenpferd reden lassen, auch wenn es nicht

von Interesse ist. Allmählich und behutsam vom Allgemeinen zum Besonderen kommen.

„Sie haben als junge Autorin bereits einen regionalen Literaturpreis erhalten. Sind Preise wichtig für die literarische Zukunft einer modernen Schriftstellerin?"

Die Schriftstellerin lacht, sie kokettiert.

„Mein erster Literaturpreis hatte überhaupt keine literarische Bedeutung, er wurde mir von einer Zeitschrift verliehen. Aber ich bestehe darauf, dass er in meiner Biographie zitiert wird, weil es damals für mich ein wichtiges Ereignis war: Ich war zwanzig, hatte eine Kurzgeschichte an die Redaktion der Zeitschrift geschickt und einen Wettbewerb gewonnen. Dafür bin ich sehr dankbar. Wenn wir aber von Literaturpreisen sprechen, die man ernst nehmen kann, dann reden wir über Literatur als Geschäft. Die Verleger und Buchhändler wissen genau, dass sich Bücher von Frauen besser verkaufen lassen als die Bücher, die von Männern geschrieben sind. Denn seit es Romane gibt, sind es in Spanien die Frauen, die am meisten lesen. Wenn Sie hier mit der U-Bahn fahren, werden Sie sehen, dass die Frauen ein Buch lesen und die Männer die Tageszeitung. Es ist also einträglich für das Literaturgeschäft, wenn Frauen Preise gewinnen. Nicht nur die kleinen, regionalen, auch die großen, wichtigen Literaturpreise des Landes. Das heißt aber noch lange nicht, dass diese Schriftstellerinnen aufgrund der Literatur, die sie schaffen, bewertet werden. Keine der ausgezeichneten Frauen wird in der Regel von den Kritikern in den Literaturkanon aufgenommen. Was passiert hier? Ganz einfach: Frauen dürfen Bücher verkaufen, dürfen sogar damit im Fernsehen auftreten, aber sie haben keinen Anspruch auf einen Platz in der Literaturgeschichte. Und das ist nicht nur heute so, das ist schon immer so gewesen. Nehmen wir María de Zayas. In Europa vergleichbar übersetzt wie Cervantes. Eine außergewöhnliche Schriftstellerin, die bis heute nicht in den literarischen Kanon dieses Landes aufgenommen wurde."

Die Schriftstellerin macht eine Pause und seufzt.

„Wie kann man das ändern?" Maria ist zum ersten Mal wirklich auf eine Antwort gespannt.

„Indem Universitätsprofessorinnen wie ich Schriftstellerinnen wie María de Zayas in den Kanon aufnehmen und zur Pflichtlektüre der Studenten machen. Und indem die Zusammenstellung von Literatursammlungen, Anthologien und literaturwissenschaftlichen Abhandlungen in den Händen von Frauen liegen." Die Schriftstellerin lacht. „Vorausgesetzt, diese Frauen sind keine Machos!"

Maria wüsste gern, wodurch sich weibliche Machos in den Augen der Schriftstellerin auszeichnen, aber sie will den Faden nicht verlieren.

„Plädieren Sie damit für eine feministische Literaturwissenschaft?"

„Alles, was das Etikett von Weiblichkeit hat, schadet dem Produkt: Ein Koch kocht besser als eine Köchin. Eine Friseurin schneidet nie so gut wie der Coiffeur. Mit der Medizin in Spanien geht es angeblich deshalb bergab, weil der Anteil der Frauen an der Ärzteschaft so groß ist. Dieselben absurden Vergleiche werden in der Literatur gezogen. Frauenliteratur und die feministische Literaturwissenschaft werden im herrschenden System natürlich abgewertet. Hier an meiner Universität gibt es eine hervorragende Dozentin, die sich mit Genderfragen beschäftigt. Ich bin überzeugt davon, dass sie ihrer akademischen Karriere damit schadet."

Der Regen hat aufgehört und die Studenten bevölkern den Innenhof. Maria stellt sich die Dozentin vor, wie sie irgendwo in dem riesigen Gebäude im Halbdunkel eines muffigen Hinterzimmers postmoderne Essays liest. Vielleicht können sie einander treffen, wenn sie das nächste Mal in die Stadt fährt. Heute nicht mehr. Jetzt muss sie zurück.

Die Schriftstellerin verabschiedet sich förmlich. Sie hat es eilig. Sie hat alles gesagt, was sie zu sagen hatte, und beim Verlassen des Hinterhofs ist sie mit den Gedanken bereits bei dem Vortrag, den sie morgen halten muss.

Maria schleicht sich durch den Hinterausgang aus dem Hotel, sie weicht Pedro an der Rezeption aus. Ein Blick genügt und er weiß, wohin sie geht. Sie aber will ohne Beobachtung sein. Inkognito.
Sie trägt eine schwarze, weit geschnittene Hose und darüber ein dunkelrotes Hemd. Keine Brille. Da, wo sie hingeht, muss sie nicht alles sehen, im diffusen Licht der Bar reichen die Umrisse. Die Türsteherin mustert sie kurz durch ein kleines, vergittertes Fenster, bevor sie die schwere Eisentür öffnet. Drinnen schlägt ihr die kühle Luft der Klimaanlage entgegen, ihre Augen müssen sich an die Dunkelheit gewöhnen. Vereinzelt sitzen Frauen am Tresen, zu zweit oder dritt in Sesseln im hinteren Teil der Bar, einige tanzen auf dem winzigen Viereck, das mit Stahlplatten ausgelegt ist und über dem eine verspiegelte Kugel hängt, die sich dreht und bunte Punkte auf die sich zur Musik bewegenden Körper wirft.
Maria geht geradewegs zur Bar und bestellt sich einen Wodka Lime. Sie weiß, dass sie in aller Augen ist. Die Frau hinter dem Tresen könnte sich noch an sie erinnern, doch sie ist Profi genug, es nicht zu zeigen, selbst wenn sie es täte. Die Türsteherin langweilt sich, es ist nicht mehr viel zu erwarten an diesem Abend, einer der letzten für diese Saison. Die einen sind hier, weil sie alleine sind und nicht alleine bleiben wollen, die anderen müssen zeigen, dass sie alles andere als einsam sind. Alle betrachten sie mehr oder weniger un-

auffällig, schätzen ihr Alter, geben ein Urteil über ihr Aussehen ab und fragen sich, wer sie ist.

Frischfleisch.

Was?

Du bist Frischfleisch in diesem Laden. Ein Neuzugang. Eine potenzielle Bettgeschichte. Deshalb sehen sie dich so an. Das Einzige, was du tun musst, um es zu unterbinden, ist mich lange und ausgiebig zu küssen. Dann wissen sie, dass du vergeben bist. Wenn wir sie dann noch wissen lassen, dass ich ein Bulle bin, hast du erst mal deine Ruhe.

Doch heute ist Teresa nicht hier, um sie zu küssen, und sie ist nicht hier, um ihre Ruhe zu haben. Im Gegenteil. Sie ist hier, weil sie Sex braucht. Sie will sich nicht unterhalten, sie will keinen Flirt. Sie will mit einer Fremden ins Bett.

Maria nimmt einen Schluck aus dem Glas, das die Barfrau vor sie hingestellt hat, dann noch einen und noch einen und stellt das fast leere Glas wieder zurück. Es geht leichter, wenn sie trinkt. Alles geht leichter, wenn sie trinkt, solange sie trinkt. Deshalb trinkt sie nur selten.

Ich werde mir die Seele aus dem Leib vögeln müssen, um deine Hände zu vergessen.

Dein Körper ist das Gefängnis einer verwundeten Seele, die Furcht hat vor dem Zerbrechen.

Mein Körper ist eine Zeitbombe, die jeden Augenblick explodieren kann.

Dein Körper ist ein Gefäß des Zweifels, das die Angst beherbergt, berührt zu werden.

Seit Teresa fort ist, hält sie ihren Körper unter absoluter Kontrolle. Jeder Blick, jeder Schritt, jeder Atemzug macht ihr bewusst, dass sie es in der Hand hat: Sie kann dieses Bündel Fleisch und Blut, das ihr hörig ist, in Brand setzen oder es als offene Wunde an der Seite ahnungsloser Menschen spazieren gehen lassen. Sie ist da und ihr Körper schläft. Sie lebt mit ihm, als wäre sie es, die ihn umhüllt. Sie nimmt ihn mit, und wenn sie denkt, dass es an der Zeit ist, sich um ihn zu kümmern, weckt sie ihn. Wenn sie das nicht tut, wenn sie ihn aus den Augen lässt, wenn er dem Schlag seines eigenen Pulses folgt, dann fürchtet sie ihn: seine Unberechenbarkeit und den Schmerz. Deshalb füttert sie ihn wie ein kleines Kind. Aus Furcht, der große Hunger könnte erwachen und sie mit Haut und Haar verschlingen.
In der Grundschule liest die Deutschlehrerin ein Theaterstück mit ihnen. Es handelt von einem Dschungel, in dem ein Löwe lebt, der mit den anderen Tieren einen Handel abgeschlossen hat: Wenn jeden Tag ein Tier freiwillig vorbeikommt, um sich fressen zu lassen, dann wartet er vor seiner Höhle friedlich darauf, statt wildernd auf Jagd zu gehen. Als die Reihe an den kleinen Hasen kommt, der auf keinen Fall sterben will, überlistet er den Löwen. Er führt ihn an einen Brunnen, in dem der Löwe sein Spiegelbild erblickt. Bei dem Versuch, seinen vermeintlichen Rivalen zu besiegen, stürzt er in die Tiefe und ertrinkt. Maria fühlt sich wie der Hase und der Löwe zugleich. Sie ist beides.

Die Frau heißt Inés. Sie sieht aus wie eine deutsche Schauspielerin, die eine Kommissarin spielt. Maria

beantwortet ihre Fragen mit knappen Lügen, die eine Wahrheit nicht ausschließen, und will im Gegenzug nichts von ihr wissen.
Kommst du mit in mein Hotel?
Sie fragt nicht nach Safer Sex. Sie wird einen Aids-Test machen, wenn sie wieder in Deutschland ist, damit sie weiß, woran sie ist und damit sie anderen sagen kann, woran sie sind. Sie vertraut auf ihr Gefühl und sie weiß, dass sie sich genau darauf nicht verlassen kann. Gefühle sind Fata Morganas, in denen kleine Unterschiede Katastrophen ausmachen.
Die Freiheit, fühlen zu dürfen, sagt sie und meint: die Freiheit, fehlen zu dürfen.
Kamikaze.
Sie zwinkert Pedro im Vorbeigehen zu, sie nehmen den Aufzug. Das kann sie nur, weil sie längst auf einer Bühne ist, vor der sie selbst als Zuschauerin sitzt.
Maria deutet auf die Minibar, geht ins Bad und zieht sich aus.
Sie stellt sich vor den Spiegel: Ich lass dich jetzt allein. Viel Spaß.
Dann zieht sie ihren Bademantel über, knotet den Gürtel locker. Niemals tritt sie einer anderen Person nackt gegenüber.
Ein Stück Stoff ist ein lächerlicher Schutz vor Zärtlichkeit, sagt Teresa, als sie sich das erste Mal lieben.
Ein Stück Haut auch.
Sie kennt das Drehbuch gut. Schaltet die Deckenlampe aus und knipst die Nachttischleuchte an. Setzt sich auf die Bettkante, erkennt die Frau, mit der sie nur ein Zufall verbindet, schemenhaft. Noch bevor sie sich in

ihre Arme begibt, tritt Maria aus sich heraus. Überlässt ihren Körper einem Spiel, dessen Regeln er besser kennt als sie, und macht sich auf nach draußen: Da ist der verlassene Minigolfplatz, die schwarze Nacht und das Meer. Da ist die Ruhe vor dem Sturm und Pedro an der Rezeption und die Schriftstellerinnen, die alle zugleich reden wollen. Da sind Hände auf ihr, Hände in ihr, eine Frau, die Inés heißt und jeden anderen Namen haben könnte, denn Maria wird sie nicht rufen. Sie wird vielleicht stöhnen, weil sie die Nähe eines fremden Körpers vertreiben muss oder weil die Lust für einen Moment den Blick zurück und den Blick nach vorn und den Blick nach innen vergessen macht. Aber sie wird die Frau nicht bei ihrem Namen rufen, denn Namen sind Zeichen einer Wirklichkeit, die sie nicht teilen will. Sie ist auf Wanderschaft und jeder Halt, der nicht zufällig ist, ängstigt sie.

Sehen wir uns wieder? fragt Inés, als sie sich anzieht.

Nicht wirklich.

Maria bleibt zurück in einem Bett, das kaum zerwühlt ist, weil Leidenschaft etwas ist, das sie anderen vorenthält. Sie liebt leise und lässt sich anstandslos lieben. Duschen, denkt sie, aber in ihr steigt etwas hoch, etwas Unförmiges, das sie nach unten zieht. Sie stützt sich auf die Ellbogen, will aufstehen, aber da bricht ein Schluchzen aus ihr heraus, das mit jedem Atemzug heftiger wird. Sie weint. Um Inés, die an ihr vorbeigleitet, ohne sie zu berühren, um Pedro, der in der Eingangstür auf sie wartet. Um die Schriftstellerinnen, die kein Wort übrig haben für die Sprachlosigkeit, um die Katzen, die man in Flüssen ertränkt. Um den Löwen, der stirbt, und den Hasen, der Haken schlägt. Um diesen versteinerten Körper, aus dem heraus sie nun nach Luft ringt, der verzweifelt Berührung sucht und Verstörung findet, der eingemauert ist in einen unsichtbaren Käfig aus Wut und Trauer und Fassungslosigkeit, der tapfer versucht, keinen Verrat zu begehen, und sich selbst mit jedem Augenblick des Daseins hintergeht. Maria weint um die Mauer zwischen sich und der Welt, zwischen sich und den anderen, zwischen sich und Teresa. Sie weint um ihr Leben.

Pedro zieht zur Feier des Tages sein bestes Hemd an. Sie sitzen noch draußen, obwohl ein frischer Wind geht.
Ich mag die Jahreszeit. Es ist, als ob die Kälte mit dem Dreck aufräumt, der sich den Sommer über angesammelt hat. Ich meine nicht den Dreck auf der Straße, sondern den in den Menschen. Den Müll in uns. Das falsche Lächeln, die Lügen, die vorgetäuschte Höflichkeit. Ich mag den Wind, der mir die Heuchelei austreibt.
Und was bleibt?
Wahrheit oder Pflicht. Pedro grinst. Was nimmst du?
Pflicht.
Dann sag mir die Wahrheit.
Welche?
Wo ist Teresa?
Ich weiß es nicht, sagt sie und denkt: Das ist die Wahrheit. Die reine Wahrheit und nichts als die Wahrheit.
Hat sie dich verlassen?
Ja.
Wann?

Vor vier Jahren.
Einfach so?
Einfach so.
Pedro schüttelt den Kopf. Ich habe mir Sorgen gemacht. Ihr seid einfach von der Bildfläche verschwunden. Ihr hättet Bescheid sagen müssen. Ich dachte, euch wäre etwas passiert.
Maria schweigt.
Was war denn los?
Ich bin dahin gegangen, wo ich herkam.
Nach Deutschland?
Maria nickt.
Warum?
Ich konnte mir ein Leben in Barcelona ohne Teresa nicht vorstellen. Ich wollte vergessen. Teresa, ihre Sprache, ihre Stadt, ihre Freunde. Also habe ich ein neues Leben begonnen.
Was für eins?
Ich arbeite als Journalistin und Übersetzerin und zwischendurch schreibe ich an meiner Doktorarbeit. Im Moment bin ich hier, um für eine Forschungsarbeit katalanische Schriftstellerinnen zu interviewen.
Und begibst dich dabei auf die Spuren deiner Vergangenheit?
Das soll ironisch klingen, klingt aber zynisch.
Meine Güte, Pedro. Ich konnte einfach nicht früher kommen. Ich hätte hier nur herumgesessen und mir die Augen aus dem Kopf geheult.
Hast du wenigstens alles vergessen?
Maria sieht ihn lange an. Er hat Lachfalten um die Augen und seine Haut ist von der Sonne dunkelbraun. Sie

kann sich nicht vorstellen, dass Pedro weint, aber sie weiß, dass er das tut. Er trägt sein Herz offen auf der Stirn und das ist für Teresa der Grund, die Sommer mit ihm zu verbringen: Er ist der einzige Mann, den ich kenne, der Gefühle hat, die ich verstehe. Wenn er mich anschaut, dann erzählt er mir, was er fühlt, ganz gleichgültig, ob es mir gefällt oder nicht. Er schämt sich nicht für sein Herz.

Geht es dir gut? fragt Maria.

Ja, es geht mir ganz gut. Aber du lenkst ab. Warum sollte ich dir von mir erzählen, wenn du mich längst vergessen hast?

Der Kellner bringt den Wein und fragt, ob sie schon wissen, was sie essen möchten.

Maria schüttelt den Kopf und er geht.

Lust auf Paella?

Nein, nichts mit Gesicht, bitte.

Bist du verrückt? Wir gehen ins beste Fischrestaurant dieses gottverdammten Kaffs und du willst keinen Tintenfisch, keine Pijotas, keine Krabben, keinen Hummer?

Nein, danke. Sie lächelt. Gemüse, Reis, irgendwas Vegetarisches. Bestell mir, was du denkst. Sie sollen auf meinem Teller einfach die Tiere weglassen.

Pedro runzelt die Stirn, klappt die Speisekarte auf, blättert darin, legt sie weg, winkt den Kellner heran, bestellt etwas. Maria lauscht dem Gespräch am Nebentisch. Eine Anwältin und ihr Klient unterhalten sich darüber, ob sie das Urteil des Gerichts zu einer Schadensersatzzahlung anfechten oder nicht.

María? Noch da?

Sie lacht. Ja, noch da.
Schweigen. Sie ist dran. Er wird sie nicht einfach aus der Pflicht nehmen. Hat er ein Recht darauf? Hat sie ihm etwas zu sagen, das nicht nach Ausrede klingt, nach schaler Notlüge oder nach einer Wahrheit, die sie für ihn erfindet?
Das Tischtuch ist weiß und an der Weinflasche, die Pedro zurückstellt, läuft ein rotes Rinnsal hinunter und wird gleich einen Fleck hinterlassen: Jetzt.
Nein, ich habe dich nicht vergessen. Wie sollte ich? Ich habe an euch alle gedacht, als befände ich mich auf einer langen Reise und es wäre nur eine Frage der Zeit, euch wieder zu sehen. Dann wurde die Zeit immer länger und die Reise führte mich immer weiter fort. So weit, dass ich manchmal eure Namen vor mich hin sagen musste.
Und Teresa?
Maria nimmt einen Schluck Wein, dreht das Glas in der Hand.
Teresa hat nie aufgehört, bei mir zu sein, auch wenn sie nicht da war.
Aber du hast sie nicht wieder gesehen?
Nein.
Und du willst sie auch jetzt nicht treffen?
Nicht wirklich, nein. Maria lächelt und Pedro fragt sich, warum sie das tut. Sie ist ihm fremd. Nicht nur, weil sie keinen Fisch mehr isst. Auch, weil sie keine Geschichten mehr erzählt. Wenn sie im Morgengrauen am Strand auf den Sonnenaufgang warten, ist es María, die sie mit ihren Erzählungen wach hält. Sie dürfen sich ein Stichwort ausdenken und María redet darauf

los, erfindet Figuren und Ereignisse, so lange, bis die Einzelteile zueinander passen und Sinn ergeben. Wenn du je eine Visitenkarte hast, dann muss darauf stehen: Ausdenkerin.
Weißt du noch, würde er am liebsten fragen, aber er fürchtet sich davor, dass María mit dem Kopf schüttelt oder mit den Achseln zuckt, dass sie mit einer kleinen Geste versucht, die Erinnerung auszulöschen. Sie verweigert ihm das Gestern und das Heute, sie bleibt ihm verschlossen. Er kennt die Frau, die ihm gegenüber sitzt, nicht. Fürchtet sich davor, sie kennen zu lernen.

Eigenartig, denkt sie. Ich weiß nichts von ihm, er weiß nichts von mir. Uns verbindet nur die Erinnerung an die, die wir waren und nicht mehr sind. So stellt sie sich vor, einen Toten zu treffen. Den sie lieber am Tag treffen will als in der Nacht. Nachts spielen die Schatten verrückt, nachts kommt das Begehren, das davon lebt, unerfüllt zu bleiben. Zufällig gestrandete Wolken sind die Träume. Die Hände, die ihren Körper berühren wie der heiße Wind aus dem Süden: Levante – der, der aufstehen macht. Sie aber bleibt liegen und hebt den Blick hinter den geschlossenen Lidern nicht. Blind erkennt sie die Fingerspitzen der unsichtbaren Geliebten, sucht die Lippen des immer schweigenden Mundes: Sie kann die Stimme Teresas nicht mehr erinnern. Manchmal hört sie einen Laut, ein Wort, ein Lachen, und fast taucht sie auf, aus dem tauben Vergessen, streift beinah ihr Ohr. Aber es ist nicht wahr. Ihre Stimme ist für immer gegangen, selbst im Schlaf gibt es kein Flüstern mehr.

Maria liegt wach, verspürt eine dumpfe Übelkeit. Ihr Unterleib bäumt sich auf, ihr Kopf findet auf dem Kissen keine Ruhe. Sie steht auf.
Schau, der Mond! Sieht aus wie ein überdimensioniertes Brausebonbon mit Zitronengeschmack.
Magst du lieber Zitrone oder lieber Erdbeere?
Erdbeere. Wie deine Küsse: besos de fresa.
Maria lehnt sich mit dem nackten Oberkörper an die kalte, weiße Wand und schlägt den Hinterkopf an den harten Beton. Zuerst leicht, dann fester. Jeder Schlag ein dumpfer Angriff auf die Gedanken. Sie will sie nicht mehr denken, sie will sie vergessen.
Ich will, dass du weggehst.
Warum?
Ich halte soviel Liebe nicht aus.
Das war einmal. Jetzt ist da nichts mehr, das sie aushalten kann. Keine Zärtlichkeit, die sie weinen macht, keine haltlosen Wellen, kein Zittern der Finger auf ihren Augenlidern. Keine Furcht zu zerbrechen unter dem Blick in ihr Innerstes. Schon so lange: die Leere, das vollständige Fehlen einer Antwort auf ihr Denken. Sie ballt ihre Fäuste. In ihrer Kehle steckt der Schrei, von dem sie weiß, dass er sie zerreißen wird, wenn sie ihn lässt, dass er den letzten Rest dieser Liebe ausspucken wird wie Galle. Ist sie deshalb hier? Ihre Hand öffnet sich und schlägt mit der Innenfläche auf das rostige Balkongeländer. Wie soll sie dieses Gift austreiben, die Erinnerung ausbluten, jede Hoffnung auf Heilung vertreiben? Was tun danach: verwundet liegen bleiben, hier in diesem Zimmer, bis die Fliegen kommen und auf ihrem Kadaver ein Paradies eröffnen? Sterben,

mit geschlossenem Mund und geöffneten Händen. Auf nichts mehr warten. Kein Kommen mehr, kein Gehen. Für immer Ruhe. Wie schnell ergibt sich der Körper, kann sie das, was sie ist, loslassen, ohne sich aufzubäumen? Nein. Sie weiß es, sie erlebt es: Nach dem Anfang vom Ende steht sie wieder auf. Irgendwann beginnt sie wieder zu essen, zu trinken, sich warm anzuziehen. Zuerst ohne Regung. Verleibt sich einfach ein, was sie findet, was auf einer Speisekarte steht, die zufällig auf dem Tisch liegt, in einem Restaurant, in dem sie sich ebenso zufällig an einen freien Tisch setzt. Eines Tages steht sie wieder im Supermarkt und kauft ein, frühstückt, isst zu Abend und heftet ein Stück Papier mit ihrem Namen an die Klingel neben der Wohnungstür, öffnet Post. Sie überlebt und kann sich nicht wirklich erinnern, wie. Es geht von selbst. Essen, schlafen, arbeiten. Später dann noch: telefonieren, sich verabreden, Geburtstage feiern. Nach und nach nimmt sie sich wieder in Betrieb und kein Mensch ahnt die Katastrophe, die innere Verwüstung, weiß, dass sie auf Trümmern schläft. Niemand sieht die Erschütterung hinter ihrer Stirn, fragt sie nach dem Krieg, der in ihr tobt, nach den Bildern von Mord und Totschlag, die sie verfolgen, wenn sie nicht schnell genug einen anderen Film einlegt.

Sie erzählt es nicht.

Ihre Hände umfassen das Balkongeländer. Drei Stockwerke später und jeder Gedanke daran stirbt mit ihr. Kein Abschiedsbrief, keine Erklärung, kein Grund. Ein bodenloser Aufschlag auf einem Minigolfplatz, der ebenso gut ein Friedhof sein könnte. Bestürzung,

Unverständnis. Die eigene Erschütterung in fremder Erschütterung auslöschen? Unmöglich.
Maria geht zurück in das Zimmer, legt sich bäuchlings auf das Bett, hört auf ihren Herzschlag. Ihr Leben geht einfach weiter. Es fragt nicht wirklich danach, was sie davon hält.

Sie wird bald abreisen. Morgen noch ein Interview, dann fährt sie nach Hause. Nach Hause. In Berlin wird sie Heimweh bekommen, dasselbe Gefühl, das sie hier hat, wenn sie an dort denkt.
Wo möchtest du am liebsten leben?
Zwischen frag mich wo und weiß ich nicht.
Wo ist das?
Eben da. Und du?
Für Teresa ist alles klar: an deiner Seite.
Sie weiß genau, wo sie hingehört, und sie weicht keinen Meter davon ab. Ihre Wohnung ist ihre Wohnung und ihre Wohnung ist ihr Zuhause und es gibt keinen anderen Ort, an dem sie lieber ist. In der Küche wird gekocht, im Salon gegessen, im Schlafzimmer Liebe gemacht. Undenkbar, Teresa im Badezimmer zu verführen. Kurz vorher sagt sie: Komm, lass uns ins Bett gehen.
Mit Teresa hat jedes Ding seine Zeit und jede Zeit ihren Geschmack. Das Frühstück schmeckt nach schwarzem, gerösteten Kaffee und nach Tostadas, die sie auf offener Flamme in einer altmodischen flachen Pfanne brät. Das Mittagessen schmeckt nach Pause, nach dem Sofa, auf das ab zwei Uhr die Sonne fällt, nach einem kühlen Schluck Bier ohne Alkohol, denn Teresa ist im Dienst.

Wenn sie um zwei die Haustür aufschließt, kommt mit ihr der frische Duft nach Petersilie, Fisch und Orangen in den Flur, wo sie ihre Jacke auf einen Bügel hängt.
Mit Uniformen spaßt man nicht.
Warum?
Weil der Tod an ihnen klebt.
Maria weiß vom ersten Augenblick an, dass Teresa eine von der anderen Seite ist. Eine, die an Recht und Ordnung glaubt, die nichts gelten lässt zwischen Gut und Böse. Mit Teresa gibt es ein mit dir oder ein ohne dich, ein ganz oder gar nicht, kein vielleicht. Maria kann sich nicht erinnern, sich jemals entschieden zu haben. Plötzlich liegen sie nebeneinander auf dem Boden und starren an die Decke eines Schlafzimmers, das sie von nun an miteinander teilen.
Wie kommen wir hierher?
Teresa antwortete nicht. Sie deutet mit dem Zeigefinger an die Decke.
Von da oben?
Teresa nimmt ihre Hand und schließt die Augen. So liegen sie, bis es dunkel wird, der feine Wind weht durch die Balkontür, und mit ihm eine neue Zeit: Sie hat ein Dach über dem Kopf, Kleiderbügel im Schrank und zu ihr gehört eine Hand, die ihre eigene fest umschlossen hält. Eine Zeit, die nach Steckdosen und Bildern an der Wand fragt, die einen Namen zu jedem Gesicht weiß und die sie erinnert an die Nachmittage im Garten der Großmutter: Ein Haus ist ein Haus und ein Hund ist ein Hund und ein Hund wohnt in der Hütte und nicht im Haus. Sie muss nichts weiter tun als bleiben und der Sommer geht einfach nicht vorbei.

Teresa kocht, putzt die Wohnung und pflanzt Blumen auf dem Balkon. Sie kauft Bettwäsche, färbt T-Shirts und leiht Videos aus. Sie schafft eine Waschmaschine heran, eine Spülmaschine und eine Orangensaftpresse. Sonntags gibt es Paella und am Nachmittag selbst gebackenen Kuchen. Der Tag hat vierundzwanzig Stunden zu wenig und nachts verfolgt sie atemlos wach mit den Fingerspitzen die Konturen des nackten Körpers neben ihr.
Woher nimmst du all das Leben?
Ich nehme es mir nicht. Es ist einfach da.
Vom ersten Tag an ist Teresa einfach immer da.
Und dann ist sie einfach für immer fort.

Ich sollte die Saftpresse jetzt gleich abspülen.
Schon als sie es denkt, weiß sie, sie wird gegen besseres Wissen handeln. Morgen ist auch noch ein Tag, sagt Scarlett O'Hara, als Rhett Butler sie verlässt, und ein deutscher Psychologe hat aus ihr eine Hysterikerin gemacht. Bea denkt an seinen Aufsatz, den sie während eines langweiligen Seminarvortrages liest, und daran, dass sie im selben Moment weiß: Sie wird niemals ihr Psychologiestudium abschließen. Mit der gleichen Überzeugung stellt sie die schmutzige Saftpresse zur Seite.
Sie setzt sich mit dem Glas heißen Zitronensaft auf den Boden, lehnt sich am Sofa an und streckt die Beine unter dem Couchtisch aus. Ihre Mandeln sind über Nacht angeschwollen, sie hat Halsschmerzen und ihr Kopf dröhnt. Sie mag das Gefühl, von einer Glocke umgeben zu sein, von einem leisen Summen im Kopf, das sich zwischen sie und die Welt schiebt. Krank zu sein findet sie nicht schlimm, wenn sie weiß, dass sie wieder gesund wird: Ein bisschen krank sein ist Kurzurlaub vom Leben. Richtig krank sein ist ein Ausflug in den Vorgarten des Todes. Zuerst erschrickt sie über die dicken, schmerzhaften Knoten am Hals. Das Wort Lymphdrüsen verursacht ihr auf der Stelle Panik. Dann erinnert sie sich: Das Böse kommt nicht laut, es kommt auf leisen Sohlen. Unbemerkt, unverhofft und kaum zu glauben. Wie damals.
Schatz, du musst in die Praxis kommen.

Schon auf dem Weg zu ihrer Mutter weiß sie es. Die Gynäkologin spaßt nicht und am wenigsten mit ihrer eigenen Tochter. Trotzdem hat sie damit nicht gerechnet: Ihre Mutter sitzt mit roten, verweinten Augen auf dem runden Drehhocker neben der Liege, auf der immer ein frisches Papiertuch liegt. Sie steht schnell auf, wirft sich in ihre gerade noch rechtzeitig geöffneten Arme. Wie Scarlett O'Hara, denkt sie, während sie versucht, sich aus der mütterlichen Umklammerung zu befreien.

Meine Kleine. Setz dich zu mir. Ich muss dir etwas sagen.

Dann sagt sie es ihr. Sie trocknet sich die Augen mit einem zusammengeknüllten Taschentuch, das sie aus dem weißen Kittel holt. Gefasst. So, als hätte ihre Tochter nicht ihre Kindheit zwischen Desinfektionsmitteln und weißen Kitteln verbracht. Dass die Ergebnisse nicht gut sind. Dass der Befund auf einen Tumor hindeutet. Dass eine schnelle Operation angeraten ist. Um ganz sicher zu gehen.

Krebs?

Ein Wort, das nur Bedeutung erlangt, wenn es in der eigenen Brust sitzt.

Die Mutter nickt, bricht wieder in Tränen aus. Schluchzt.

Sie wollen es beide nicht wahrhaben. Sie fühlt die Knoten zum ersten Mal zufällig, beim Abtrocknen nach dem Duschen. Erzählt es beiläufig der Mutter, die sie fast im Vorbeigehen abtastet und stutzt. Dann eine Mammographie. Eine Analyse. Ab jetzt: ein Vorher und ein Nachher.

Amputation?
Noch als sie es sagt, sieht sie ein Plakat vor sich. Es ist Teil einer Aktion zur Früherkennung von Brustkrebs. Eine etwa fünfzigjährige Frau mit nacktem Oberkörper hat die Arme unschlüssig in die Hüften gestemmt, als fragte sie sich, wieso sie oben ohne dasteht. Ihre linke Brust ist schlaff und hängt faltig herunter, dort, wo die rechte zu vermuten wäre, ist eine etwa fünf Zentimeter lange Narbe.
Vielleicht.
Vielleicht oder wahrscheinlich?
Wahrscheinlich. Die Mutter steht auf, legt ihr die Hände auf die Schultern.
Hör auf, Mamá. Sag mir die Wahrheit. Sie hört sich reden, als spräche sie durch Nebel. Das kann nicht sie sein, die hier in dieser Praxis den Zustand ihrer Brüste verhandelt. Das ist vollkommen absurd: Wie kann sie an Brustkrebs erkranken, wo ihre eigene Mutter Gynäkologin ist?
Der Tumor hat die Brust bereits stark angegriffen, sagt die Mutter leise.
Sie fasst instinktiv dorthin, wo sie das Böse vermutet. Wo sie es, wenn sie ehrlich ist, seit Wochen vermutet. Sie weiß schon lange, dass etwas nicht in Ordnung ist.
Muss ich sterben? Ihre Stimme zittert und sie erschrickt über die Frage. Das will sie nicht. Auf keinen Fall. Sie hat keine Lust zu sterben. Sie will leben.
Ihre Mutter schluckt. Ich glaube nicht. Nein, so schnell stirbt man nicht, Kleines. Wir müssen das Ergebnis abwarten. Ob die Lymphknoten betroffen sind. Deshalb musst du schnell ins Krankenhaus.

Wie schnell?
Übermorgen.
Spinnst du? Es rutscht ihr heraus. So redet sie eigentlich nicht mit ihrer Mutter, aber jetzt ist zwischen ihnen alles anders. Sie ist wütend. Wütend darüber, dass ihre Mutter Recht hat. Wie immer.
Es geht nicht anders.
Ihre Mutter redet jetzt mit ihr wie früher. Das macht sie noch wütender.
Ich schätze, du hast den Schlächter schon für mich ausgesucht, oder?
Kind! Ich will doch nur das Beste für dich.
Du willst nicht das Beste für mich, du willst das Beste von mir.
Sie weiß, dass das ungerecht ist. Aber es ist noch viel ungerechter, dass sie es ist, die einen Tumor hat.
Ich habe schon mit Dr. Gómez gesprochen. Er ist eine Koryphäe auf dem Gebiet. Er hat eine Privatklinik in Tarragona und operiert dich in drei Tagen.
Sie hört die Stimme ihrer Mutter und spürt, wie ihr übel wird. Sie muss gehen. Sofort. Sie steht auf, zieht ihre Jacke an und knöpft sie langsam zu.
Wo willst du hin?
Mein Leben retten.
Sie nimmt kaum wahr, dass ihre Mutter hinter ihr herläuft, schluchzt, sie festhalten will, von ihr abgeschüttelt wird wie eine lästige Fliege. Ihre Beine tragen sie wie von selbst aus der Praxis, die breite Marmortreppe hinunter, hinaus auf die Straße, wo ihr ein salziger feiner Wind entgegenschlägt, der vom Meer her kommt.

Sie will alleine sein. Allein mit der Frage, was jetzt zu tun ist, so nah am tiefen Einschnitt, so dicht am Ernst des Lebens, der sonst an ihr vorüberzieht wie ein Suchender, der sie nicht meint. Jetzt will er etwas von ihr: ihr Leben. Deshalb muss sie ihm ein Opfer bringen. Fast muss sie lachen. Als Teenager verflucht sie den Ansatz ihrer Brüste, der sie zu einem Bikinioberteil verdammt.

Du kannst nicht mehr herumlaufen, als wärst du ein Junge, sagt die Mutter.

Später liest sie über die Amazonen, die sich eine Brust abschneiden, um den Bogen besser anlegen zu können. Das findet sie mutig. Aber sie will entweder zwei oder keine. Der Gerechtigkeit wegen. Jetzt hat sie ein Pfeil getroffen, mitten ins Herz. Sie ist verwundet und sie braucht Hilfe. Es ist ein Freitagnachmittag und sie läuft durch die menschenüberfüllte Fußgängerzone. Ihre Mutter telefoniert jetzt sicher mit Rebecca. Sie selbst weiß nicht, mit wem sie telefonieren soll. Eigentlich muss sie gar nichts tun. Es ist alles schon geregelt, noch ehe sie es versteht. So wie damals, als sie plötzlich in die Oberschule muss, fort von ihrer besten Freundin. Carmen soll nicht studieren.

Der Vater sagt: Die ist doch zu blöd, ein Loch in den Schnee zu pissen. Den Spruch hat er von einem Deutschen, mit dem er Geschäfte macht.

Der weiß doch gar nicht, was Schnee ist, sagt sie zu Carmen.

Du sollst doch nach der Schule an die Universität, sagt ihre Mutter und sie fragt nicht weiter nach der Sache mit dem Schnee. Sie macht das Abitur. Als sie mit dem

Studium beginnt, kauft ihr die Mutter kurzerhand die Wohnung. Und jetzt besorgt sie ihr den Chirurgen, der ihr die Brust abschneidet. Ein Wunder, dass sie es nicht selbst tut.

Sie geht in das Operncafé und bestellt einen Cognac. So geht das nicht. So kommt sie nicht weiter. So wird sie nicht traurig. Und etwas in ihr sagt ihr, dass sie allen Grund hat, traurig zu sein. Verzweifelt. Aber sie kommt nicht an den Schmerz. Er gehört ihr noch nicht. Sie kippt den Cognac hinunter, geht auf die Straße, winkt ein Taxi heran:

Zum städtischen Krankenhaus, in die Gynäkologie.

Bea steht auf und holt die Zigaretten aus der Küche. Sie weiß, dass sie nicht rauchen sollte, aber wissen heißt gar nichts. Das mit der Operation weiß sie auch, als sie aus dem Krankenhaus kommt. Trotzdem glaubt sie es erst, als sie kurz darauf wieder dorthin zurückgeht.

Sie sollten sich gut überlegen, ob Sie nicht doch ein Silikon-Implantat wollen, sagt der behandelnde Arzt.

Wozu?

Viele Männer, ich meine, Sie wissen schon: Viele Männer messen die Attraktivität einer Frau an ihrem Busen.

Sie auch?

Der Arzt errötet. Ich? Auf diese Frage ist er nicht vorbereitet, aber wenn er ehrlich ist, dann missfällt ihm ein künstlicher Busen genauso wie eine Narbe an seiner Stelle. Das sagt er natürlich nicht. Aber sie hört es auch so. Sie will nichts Fremdes im Körper. Sie will ihre beiden Brüste behalten. Aber das geht nicht. Also opfert sie eine.

Ich will überleben. Mit oder ohne Brust. Wie stehen meine Chancen?
Den Aufnahmen nach zu urteilen gut. Alles hängt davon ab, ob der Krebs gestreut hat und wie wir operieren können.
Dann tun Sie einfach Ihr Bestes.
Der Arzt ist höchstens zehn Jahre älter als sie. Das gefällt ihr. Sie hat etwas gegen alte Hasen. Sie glaubt lieber an Herausforderung als an Erfahrung.
Und noch etwas: Ich bin vierunddreißig Jahre alt und meine Mutter ist Gynäkologin. Ich möchte nicht nur die Erste sein, die nach der Operation die Ergebnisse erfährt, sondern auch die Einzige.
Der Arzt nickt. Leben Sie allein?
Ja. Und das würde ich gerne auch noch die nächsten vierzig Jahre tun.
Sie sind eine starke Frau.
Nein. Ich bin nur keine schwache Frau.
Als er geht, fühlt sie sich seltsam. Sie ist Privatpatientin, sie hat in dem völlig überfüllten Krankenhaus ein Einzelzimmer und das Recht auf tägliche Chefvisite. Sie ist privilegiert und das beruhigt sie. Der Mann, der ihr morgen die Brust amputiert, wird alles geben, um ihr zu beweisen, was er kann. Mehr verlangt sie nicht von ihm. Ist sie egoistisch, weil sie einfach von der Bildfläche verschwindet? Ist sie pervers, weil sie beinah eine diebische Freude darüber empfindet, dass niemand weiß, wo sie ist?

Vor der Operation ruft sie ihre Mutter an und teilt ihr mit, dass sie es alleine macht. Es einem Arzt in die

Hände gibt, der keine Koryphäe ist. Es. Das böse Ding, das ein Tier ist. Das in ihr sitzt und an ihr frisst, ihr die Brust zerstört. Sie mag ihre Brüste. Ihren Busen. Was ist eigentlich der Unterschied zwischen Brust und Busen? Ist der Busen zwei Brüste? Hat sie dann in weniger als vierundzwanzig Stunden keinen Busen mehr? Ihr Brüste sind rund und schön und gleichmäßig. Aber sie zeigt sie nicht gerne. Sie zieht sich nicht vor andern aus. Wenn sie ins Fitnessstudio geht, dann zieht sie sich vorher schon um, nach dem Training duscht sie zu Hause. Es gibt keinen Menschen, der ihre Brust vermissen wird. Ihre sporadischen Affären können von nun an rein unter der Gürtellinie stattfinden, und wenn das schwierig werden sollte, kauft sie sich einen Callboy und bezahlt dafür, dass es funktioniert. Sie weiß nicht einmal, wem sie es erzählen soll. Sie hat ein paar Bekannte und keine Freunde. Sie ist eine Einzelgängerin. Die immer Zeit auf ein Bier hat, nie auf ein zweites.

Das mit der Amputation ist schlimm, aber zu verkraften. Was schlimmer ist, ist die Möglichkeit zu sterben. Sie will nicht sterben. Auf keinen Fall. Um keinen Preis. Sie will den Himmel und das Meer. Den Wind und die Berge. Den Milchkaffee um die Ecke und die Croissants. Die Bücher. Die Geschichten. Die Gedanken, die Worte, den Klang, die innere Stimme. Die Stille der schlafenden Stadt und den Lärm im Herzen, wenn sie an die Brandung denkt. Sie ist statistisch gesehen viel zu jung und in ihrer Familie gibt es keinen einzigen Fall von Brustkrebs. Aber sie würde sich auch nicht wirklich wundern, wenn ihr die Nase abfiele. Bei ihr ist alles möglich.

Wäre es dir lieber gewesen, wenn dir die Nase abgefallen wäre? fragt die Schwester am Krankenbett.
Nein. Dann würden alle sofort sehen, was nicht mehr da ist, und mich bemitleiden.
Da hat sie selbst noch nicht gesehen, was nicht mehr da ist, weil ein dicker Verband unter dem Nachthemd so tut, als fehlte nichts.
Glaubst du wirklich, dass da ist, was man sieht?
Du hättest Philosophin werden sollen, sagt sie zu der Schwester, die Philosophie studiert hat.
Und du kannst jetzt alles werden.

Bea lächelt. Aus der angehenden Psychologin ist eine Schriftstellerin geworden. Die hat unterwegs eine Brust gelassen. Seither ist ein Winter vergangen, an den sie sich kaum erinnern kann. Ein Frühling, in dem vor ihren Augen die Welt in Farbe explodiert. Ein Sommer ohne Bikini. Ein Herbst und ein Winter, in dem kleinen Chalet in Andorra. Da schreibt sie den Roman für ihre Schwester.
Noch ein Frühling: Sie haben es überstanden. Sie können sich jederzeit dazu entscheiden, ein Implantat einsetzen zu lassen. Nach ein paar Monaten wird niemand mehr denken…
Sie denkt nicht daran. Sie hat sich daran gewöhnt. *Körper ohne Gewicht* schreibt eine amerikanische Rhetorikprofessorin und sie versteht mit einem Mal, was das heißt: Konstruktion von Körper, Konstruktion von Geschlecht. Es ist da, was du dahin denkst. Es fehlt, was du auslässt zu denken. Und du denkst nur, was du dir vorstellen kannst. Sie erfährt das Neue am eigenen

Leib, aber sie muss lernen, es sich vorzustellen. Nicht zu sehen, was nicht da ist, sondern darüber hinauszublicken. Auf den neuen Diskurs, der die Form einer leichten Kurve ins Fleisch schneidet, der sich auf die Haut flüstert wie unerhörte Stimmen. Sie hat eine neue Oberfläche und sie gibt ihr einen neuen Namen: Bea. Sie ist eine Schriftstellerin, die auf eine Journalistin wartet, die sie interviewen will. Hoffentlich fragt sie nicht so viel. Sie mag es nicht, Rede und Antwort zu stehen. Aber die Journalistin hat eine nette Stimme am Telefon. Deshalb überlegt sie nicht lange. Sie überlegt ohnehin nie lange. Sagt, was sie denkt, wenn sie überhaupt etwas zu anderen sagt. Alle glauben, sie beginnt wegen der Krankheit zu schreiben. Dabei schreibt sie schon, als sie noch gar keine Brüste hat. Am elften Februar 1978 das erste Gedicht. Es handelt von dem Riss in der Mauer der Sporthalle, von den dicken weißen Wolken und dem Frühling, der sich hinter ihnen versteckt. Siebzehn Zeilen und es reimt sich absichtlich nicht. Seither schreibt sie. Auf Papier, in nasse Erde, bei Regen an die beschlagenen Scheiben, auf Servietten, an den Rändern von Kopien englischsprachiger Bücher entlang. Am Computer, auf den Knien, in der U-Bahn, im Bett und am Strand. Vor allem aber: in Gedanken.

●○●

Maria ist spät. Seit dem frühen Morgen läuft sie in dem Viertel mit den katalanischen Städtenamen herum und zieht konzentrische Kreise um das Eckhaus, in dem die Schriftstellerin wohnt, und jetzt verspätet sie sich. Entfernt sich zu weit von der großen Kreuzung, von der die Straßen abgehen wie die ausgestreckten Arme einer indischen Göttin. Trinkt zu viele Tassen von dem pechschwarzen Espresso in den umliegenden Bars und Cafés, lässt sich treiben ohne Blick auf die Uhr.
Sie greift in ihre Manteltasche, holt den kleinen Zettel heraus, auf den sie gestern mit Bleistift die Adresse geschrieben hat. *2° A izq.* Es stehen keine Namen an den Klingeln. Hier muss man wissen, wohin man will, nicht, wen man sehen möchte.
Stehen bei euch die Namen an der Eingangstür?
Natürlich.
Aber dann sieht ja jeder sofort, wer dort wohnt!
Genau deshalb stehen sie ja da.
Zum Einzug in die gemeinsame Wohnung lässt Teresa ein Schild gravieren. *María Teresa* steht da in geschwungenen Lettern.
Jeder soll wissen, wie wir heißen, aber keiner soll wissen, wer wir sind.
Maria steht vor dem Eingang und sucht unter den Beschriftungen die der Schriftstellerin: zweite Etage, Aufgang A, links. Durch die blank geputzten Fensterscheiben des schmiedeeisernen Tors mit goldenem Knauf und schlanken Gitterstäben sieht sie die

Eingangshalle, von der aus eine mit rotem Teppich ausgelegte Treppe nach oben führt. Ein solcher Palast überrascht sie. Vielleicht ist die Schriftstellerin reich. Oder hat exzellente Beziehungen zum städtischen Wohnungsamt. Oder einfach nur Glück, in einem architektonischen Wunderwerk zu wohnen.
Maria klingelt und es vergehen einige Sekunden, bis sich eine blecherne Stimme aus der Gegensprechanlage meldet.
Maria sagt ihren Namen und die Tür öffnet sich.
Sie weiß so gut wie nichts über die Schriftstellerin. Eines Morgens liest sie zufällig beim Frühstück in der Zeitung einen kleinen Artikel: junges Talent, gelungenes literarisches Debüt, ein Name, den man sich wird merken müssen. Maria merkt sich vor allem das Foto daneben. Eine kurzhaarige, junge Frau, die in einem Hosenanzug steckt, als hätte man sie hineingeprügelt. Oberkörper leicht nach vorne gebeugt, Blick gesenkt und im letzten Moment die Augen der Kamera zugewandt. Ein Körper auf der Flucht, ohne Rücksicht abgelichtet.
Maria nimmt zwei Stufen auf einmal, und kurz bevor sie im zweiten Stock ankommt, bleibt sie stehen und atmet tief durch. Sie mag es nicht, anderen atemlos gegenüberzutreten. Sie drückt auf die Klingel und die Wohnungstür wird aufgerissen, noch bevor der Summton verstummt ist. Eine Hand streckt sich ihr entgegen und für einen Moment sieht es so aus, als hinge kein Körper daran.
Hallo, sagt die Schriftstellerin. Wie geht's?
Hallo, sagt Maria. Ich bin ein bisschen spät.
Möchtest du einen Kaffee?

Die Schriftstellerin führt sie in einen kleinen Salon. Maria setzt sich auf den einzigen Stuhl, sie sitzt nicht gern auf Leder. Als sie allein ist, schaut sie sich um: geschmackvolle Möbel, echte Bilder, ein Saxophon, Multimedia auf neuestem Stand.
Welchen Beruf muss man wohl haben, um sich diesen Luxus zu leisten?
Welchen Beruf muss man denn haben, um sich diesen Luxus leisten zu können, fragt Maria, als die Schriftstellerin mit dem Kaffee wiederkommt.
Tochter.
Sie stellt die Tassen auf dem Tisch ab und gießt den Kaffee aus einer silbernen Espressokanne ein. Gefällt es dir?
Sehr, ja. Falls du mal Lust auf das glatte Gegenteil haben solltest, können wir gerne für eine Weile die Wohnungen tauschen.
Die Schriftstellerin lacht auf. Darauf komme ich zurück. Wo wohnst du denn?
In Berlin.
Bist du dort geboren?
Nein. Ich komme aus einem kleinen Dorf in Deutschland. Und du?
Ich komme aus einem kleinen Dorf in Spanien. Die Schriftstellerin grinst. Aus Barcelona.
Maria packt das Aufnahmegerät aus und fragt, ob sie es anstellen darf.
Klar, deshalb bist du doch hier, oder?
Ja, deshalb ist sie hier. Aber sie hat keine Lust mehr, der Schriftstellerin die Fragen zu stellen, die sie vorbereitet hat. Sie wird es ohne Notizen versuchen.

Die Schriftstellerin sitzt erwartungsvoll auf der Sofakante. Noch immer hat Maria das Gefühl, dass sie zu groß ist oder schief. Kein bisschen entspannt. Wahrscheinlich das erste Interview mit der ausländischen Presse.
„Seit wann schreibst du?"
„Seit ich schreiben kann."
„Immer in Barcelona?"
„Meistens. Manchmal auch auf dem Land."
„Glaubst du, dass die Stadt dein Schreiben beeinflusst?"
„Wie meinst du das?"
„Ich meine: Glaubst du, dass du an einem anderen Ort andere Dinge schreiben würdest als hier in dieser Stadt?"
„Nein."
„Nein?"
„Nein."
„Was macht dich da so sicher?"
„Der einzige Ort, von dem aus ich schreibe, bin ich selbst. Und ich bin überall dort, wohin ich gehe."
„Und du betrachtest dich in deinem literarischen Schaffen unabhängig von deiner Umgebung?"
„Ja. Aber ich betrachte das, was ich schreibe, nicht als literarisches Schaffen."
„Warum nicht?"
„Ich schreibe nicht, um Literatur zu machen."
„Sondern?"
Maria schaut sie fragend an.
„Weil ich muss."
„Wie meinst du das?"

„Ich habe Gedanken im Kopf, die müssen raus. Wenn ich meinen Kopf nicht regelmäßig entleere, werde ich verrückt. Also setze ich mich hin und schreibe."
„Ohne dir vorzunehmen, was du schreibst?" Maria vergisst das Interview. Die Schriftstellerin interessiert sie.
„Meistens schon, ja. Die Geschichten kommen aus mir heraus, und wenn ich sie schwarz auf weiß sehe, dann entscheide ich, was ich mit ihnen mache."
„Wie war das mit dem Roman, für den dir die Stadt einen Literaturpreis verliehen hat?"
„Ach das! Das war etwas ganz anderes. So etwas wie eine Wette. Ich hatte meiner Schwester versprochen, aus der Geschichte einen Roman zu machen. Und als er fertig war, habe ich ihn eingeschickt. Ich wollte ihn loswerden, glaube ich. Die Geschichte ist nicht besonders charakteristisch für das, was ich sonst schreibe."
„Inwiefern?"
Die Schriftstellerin ist nervös, zündet sich eine Zigarette an. Sie manövriert sich zielsicher in eine Sackgasse, und Maria bugsiert sie noch tiefer hinein.
„Kann ich dir das sagen, ohne dass du es veröffentlichst?"
Maria nickt und stellt das Aufnahmegerät aus.
Ich mag keine trivialen Geschichten und der Roman ist trivial. Er erzählt die Geschichte von einer frustrierten Frau, die einen frustrierten Mann trifft, und deren Glück darin besteht zu glauben, einander Rettung zu sein.
Und was daran ist trivial?
Es passiert andauernd im wirklichen Leben, glaube ich. Deshalb interessiert es mich eigentlich nicht. Aber

den Roman habe ich für meine Schwester geschrieben, und sie brauchte außer einer Hand voll Philosophie dringend ein Happyend.
Und was schreibst du, wenn du nicht im Dienst der Familie stehst? Maria grinst. Sie weiß, dass sie weit über sachliche Fragen hinausgeht, dass sie längst ein persönliches Gespräch führen.
Geschichten, die nicht das so genannte Leben schreibt, sondern meine Fantasie. Besser gesagt: meine Hände am Computer. Das geht oft so schnell, dass die Buchstaben auf dem Monitor sind, noch bevor ich sie zu Sätzen zusammengebaut habe. Ich versuche hinter die Dinge zu schauen. Auch hinter die Worte. Verstehst du?
Ich glaube, ja. Ich schreibe auch so.
Fehler. Sprich in einem Interview nie von dir selbst.
Du schreibst auch?
Nicht mehr. Inzwischen habe ich den Weg hinter die Worte vergessen.
Das geht nicht.
Doch.
Sie sitzen einander gegenüber und Maria hat es in der Hand: Sie kann auf der Stelle umdrehen oder weitermachen. Sich einmal mehr entscheiden zwischen Wahrheit oder Pflicht.
Bleibst du zum Essen?
Es ist keine wirkliche Frage, sondern eine Aufforderung, die keine Antwort abwartet.

Die Schriftstellerin geht in die Küche und Maria zündet sich eine Zigarette an. Ihr Blick wandert über die Bücherregale. Zweireihig, hintereinander, übereinander.

Gebundene Bücher, Taschenbücher, Zeitschriften. Daneben zwei Ständer mit CDs. Klassik, Jazz, Pop, meterweise.
Woher nimmt sie die Zeit, all die Bücher zu lesen und die Musik zu hören?
Woher nimmst du die Zeit, all die Bücher zu lesen und die Musik zu hören? ruft Maria in die Küche.
Ich tue beides gleichzeitig und nicht oft genug, ruft es zurück.
Der Salon, in dem Maria auf dem Sofa sitzt, führt auf einen Wintergarten hinaus. Dort steht ein Computer, da schreibt die Schriftstellerin. Maria steht auf und geht hin. Will wissen, was die Schriftstellerin sieht, wenn sie schreibt: den Patio, den Innenhof, in dem sich das Leben des Hauses verfängt. Die Fenster sind geschlossen. Wären sie geöffnet, könnte sie den Gesprächen am Mittagstisch, den Fernsehserien, den Radiosendungen und den Streitereien der Kinder lauschen. Hier, in den riesigen Wohnungen der ehemals reichen, bürgerlichen Städter des beginnenden zwanzigsten Jahrhunderts, hier ist es niemals still, echoen die Stimmen des Nebenan durch die eigenen vier Wände. Schon deshalb will man nicht an den Klingeln lesen, wie die Menschen heißen, die darin leben.
Der Wintergarten ist von zwei Zimmern aus begehbar. Maria ist überrascht, als sie plötzlich im Schlafzimmer der Schriftstellerin steht. Ein Bett, mitten im Raum, das von jeder Seite den Weg versperrt, sofern man daran vorbei möchte. Maria muss daran vorbei, wenn sie weiter will, zu der Tür, hinter der sie das Badezimmer vermutet. Bis dahin schlängelt sie sich durch die Kis-

sen, die überall herumliegen, als wären sie Vorsichtsmaßnahmen für zu Boden Gehende.
Das Badezimmer ist klein und es hängen drei Bademäntel dort. Das berührt sie und verstimmt sie zugleich. Sie will nicht, dass die Schriftstellerin für andere Bademäntel an den Nagel hängt, und weiß nicht, wieso. Bademäntel sind der Inbegriff von Intimität, und sie hätte es lieber, wenn nur einer dort hinge.
Isst du gerne scharf?
Maria erschrickt über die Stimme vor der geschlossenen Tür. Sie fühlt sich ertappt.
Kommt darauf an.
Worauf?
Auf das Essen.
Sie öffnet die Badezimmertür und vor ihr steht die Schriftstellerin mit einer Chilischote in der Hand.
So scharf nun auch wieder nicht, sagt Maria mit Blick auf das kleine rote Ding.
Sie lachen und Maria folgt ihr in die Küche.
Sherry?
Sie spürt Hitze in sich aufsteigen. Sie trinkt zuviel. Sie sollte dankend ablehnen und um ein Glas Wasser bitten.
Ja, gern.
Die Schriftstellerin gießt zwei Gläser ein und reicht Maria eines davon.
Heißt du wirklich María?
Ja.
Auf dich, María!
Und du: Heißt du wirklich Bea?
Nein.

Auf dich, Bea!
Sie prosten sich zu und leeren ihre Gläser. Maria nimmt die Flasche, schenkt nach, trinkt, geht in den Salon zurück. Etwas passiert gerade mit ihr und sie weiß nicht, was es ist. Sie ist zum ersten Mal in dieser Wohnung, aber es kommt ihr vor, als wäre sie eine alte Bekannte. Sie nimmt eine Einladung zum Essen an, obwohl sie es hasst, mit Fremden an einem Tisch zu sitzen und zu schlucken. Sie sieht die Schriftstellerin, die hinter ihr in der Küche Knoblauch schneidet, vor weniger als zwei Stunden zum ersten Mal und fragt sich, wem die Bademäntel in ihrem Badezimmer gehören. Der Alkohol steigt ihr in den Kopf, aber sie trinkt weiter. Sie fühlt sich beschwingt. Ihr ist zum Kichern. Maria schließt die Augen und hinter der Stirn fühlt sie ein warmes Rot. Sie versinkt tiefer in der Couch, eine angenehme Wärme durchzieht ihren Körper.

Maria sieht die Schriftstellerin in gleißendem Licht im Wintergarten sitzen und lächeln. Die Fenster sind weit geöffnet und auch der Innenhof ist größer. Es ist ein Park, in dem Bänke stehen und ein Brunnen plätschert. Sie geht näher zum Fenster, lehnt sich hinaus und sieht dort unten, zwischen vielen anderen, Teresa spazieren gehen. Sie trägt ihre Lieblingsuniform: schwarz mit silbernen Knöpfen. Maria winkt ihr, aber Teresa sieht sie nicht. Plötzlich zieht sich der blaue Himmel über dem Hof zu einer grauen Masse zusammen und es regnet dicke rote Tropfen auf den Hof. Alle laufen davon, nur Teresa setzt sich auf eine Bank, als wäre nichts geschehen. Maria ruft nach ihr, will sie warnen vor dem Blut, das auf sie herabfällt, aber Teresa hört sie nicht, sitzt schon bis zum Hals in einer dunkelroten, gallertartigen Masse. Maria will schreien, aber sie bringt keinen Ton heraus, ihre Kehle ist wie zugeschnürt und es regnet weiter Blut auf Teresa, die immer kleiner wird, kaum mehr zu sehen ist, während Maria tonlos schreit und schreit und schreit…

María, wach auf! Es ist alles in Ordnung, du träumst nur.

Sie öffnet die Augen und weiß nicht, wo sie ist. Vor ihr der Wintergarten, da unten muss der Hof sein, in dem Teresa in Blut ertrinkt. Dort muss sie hin, aber etwas hält sie fest: die Schriftstellerin.

Beruhige dich. Hab keine Angst. Es ist vorbei.

Maria erinnert sich jetzt, weiß wieder, wo sie ist, aber sie fragt trotzdem.

Wo bin ich?

In der Höhle des Löwen, der bereit ist, seine Beute mit dir zu teilen.

Die Schriftstellerin hat noch immer den Arm um sie gelegt und spricht leise. Maria will nicht aufstehen. Sie will genau an dieser Stelle liegen bleiben und sich verkriechen. Das Bild der in Blut ertränkten Teresa vergessen und den Kopf in den Armen dieser Fremden vergraben.

Ich bin eingeschlafen und habe von einem Blutbad im Patio geträumt.

Erzähl mir davon.

Maria schüttelt den Kopf und da spürt sie, wie der Kloß im Hals immer größer wird, so groß, dass sie ihn nicht mehr hinunterschlucken kann, spürt, wie eine zähe

Trauer sich in jede Faser ihres Körpers schiebt und keine Rücksicht darauf nimmt, wo sie gerade ist. Sie hört ihr eigenes Schluchzen wie von fern, ein Donner, der ankündigt, wie weit das Gewitter noch entfernt ist. Sie kann ihren Atem nicht mehr kontrollieren, ihre Stimme nicht zügeln, das Zucken nicht unterdrücken. Sie lässt los. Während sie hemmungslos weint, in sich zusammensinkt, ihre Hände in das Polster des Sofas krallt und ihren Kopf in den Kissen vergräbt, während sich auf ihrer inneren Leinwand Bild für Bild übereinander projiziert, bleibt die Schriftstellerin neben ihr sitzen und streicht ihr beruhigend über den Kopf. Sagt kein Wort. Dann springt sie plötzlich auf.
Scheiße!
Maria erstarrt. Der Film reißt. Sie hätte sich nicht gehen lassen dürfen.
Scheiße, Scheiße, Scheiße!
Die Schriftstellerin rennt in die Küche. Dann riecht Maria es auch. Das Essen ist angebrannt.

●○●

Sie kann nicht schlafen. Die Geräusche vom Hof machen sie unruhig. Die Schatten an der Wand machen sie unruhig. Der Körper im Nebenzimmer macht sie unruhig.
Ihre Augen gewöhnen sich an die Dunkelheit und sie erkennt die Umrisse im Raum: die Tür zum Schlafzimmer, das Bild an der Wand, den Sessel, auf dem sie ihre Kleider abgelegt hat.
Möchtest du einen Schlafanzug?
Ja.
Er ist dunkelblau, hat hellblaue Streifen und ist aus Seide. Maria fährt mit den Fingerspitzen über ihre Schultern: Es fühlt sich gut an.
Sie ist wach und sie weiß, Bea nebenan ist es auch. Keine hat die Tür geschlossen.
Schläfst du?
Nein. Maria dreht sich um, verschränkt die Arme hinter dem Kopf. Wie sollte ich?
Bea steht auf, legt sich einen der drei Bademäntel um die Schultern, kommt ins Zimmer, setzt sich Maria gegenüber quer in den Sessel und lässt die Beine über die Lehne baumeln.
Ist das Sofa unbequem? Sollen wir tauschen?
Das fehlte noch. Eigentlich bin ich hierher gekommen, um ein Interview mit dir zu machen. Dann bin ich aus unerklärlichen Gründen in deiner Wohnung zusammengebrochen. Statt mich dezent zurückzuziehen, habe ich eine Flasche Sherry geleert und jetzt soll ich dich noch aus deinem Bett vertreiben? Nein, das Sofa

ist völlig in Ordnung. Aber der Rest ist Grund genug für eine schlaflose Nacht.
Wie man es nimmt, antwortet Bea, stützt sich auf und lehnt sich nach vorn. Stört es dich, wenn ich hier rauche?
Und wenn schon. Ist doch deine Wohnung.
Nein. Im Moment ist es unsere Wohnung. Also: Stört es dich?
Im Gegenteil. Ich mag es, im Bett zu rauchen. Kann ich auch eine?
Bea angelt nach den Zigaretten auf dem Tisch, dann flammt ein Streichholz auf. Für einen Moment ist das ganze Zimmer erleuchtet. Sie gibt sich Feuer, reicht die Zigarette an Maria weiter und zündet sich eine andere an. Maria kann sich nicht erinnern, wann sie das letzte Mal im Bett geraucht hat, aber sie weiß nicht, was sie sonst tun soll.
Wieso interviewst du nur Frauen? fragt Bea in die Dunkelheit.
Weil sie mich mehr interessieren als Männer. Grundsätzlich. Beruflich und privat.
Du liebst Frauen?
Nicht alle. Wieso?
Weil ich wissen will, wie du bist.
Und das weißt du, wenn ich dir sage, dass ich lesbisch bin?
Nein. Bea schüttelt den Kopf. Aber es ist ein Anfang. Sie räkelt sich in dem Sessel. Ich habe noch nie mit einer Frau geschlafen.
In Marias Kopf schlägt es Alarm. Das klingt allzu sehr nach Gelegenheit. Sie starrt auf die fremde Silhouette,

die sich in der Dunkelheit scharf abzeichnet und deren Umrisse selbst jetzt noch an die gebeugte Haltung auf dem Foto erinnern. Sie versucht nichts zu denken, den Film anzuhalten, aber er läuft schon: Sie verabschiedet sich bereits. Von dem Zimmer, dem Duft nach Rosen in der Bettdecke, von der Schriftstellerin. Was glaubt sie? Dass es etwas anderes sein könnte als ein One-Night-Stand? Warum? Weil sie vorher miteinander essen, weinen und lachen? Das hat keine Bedeutung, ist nur Beiwerk. Vorspiel zum Finish: Literatinnensex.
Was ist los? Hätte ich das nicht sagen sollen?
Doch, doch. Maria setzt sich auf. Ich habe übrigens mit etwa zwanzig Frauen geschlafen, falls es dich interessiert. Ich bin durchaus talentiert und verfüge über eine gewisse Lehrbefähigung. Das klingt schärfer, als sie es sagen will. Aber für moderate Töne ist es zu spät.
Das wollte ich damit nicht sagen. Ich bin nicht auf der Suche nach einer, die mir zeigt, wie es geht.
Wie beruhigend.
Alles gesagt. Das Schweigen zwischen ihnen ist kaum begehbar.
Es ist Bea, die es nach drei langen Zügen an der Zigarette bricht.
Was denkst du?
Was du wohl denkst.
Dass ich dir nicht zu nahe kommen wollte.
Bist du nicht. Ich bin nur... Ich weiß auch nicht. Tut mir Leid.
Es muss dir nichts Leid tun. Ich hätte dich nicht fragen sollen.
Warum nicht?

Es ist deine Sache.
Dann erzählst du mir jetzt eine von deinen Sachen und wir sind quitt.
Bea überlegt. Was denn?
Ein Geheimnis.
Bea denkt nach. Einmal habe ich im Tagebuch meiner Schwester gelesen. Während ich es tat, hatte ich ein fürchterlich schlechtes Gewissen und dauernd Angst, dass sie hereinkommt und mich erwischt. Ich konnte mich kaum darauf konzentrieren, was darin stand. Bis ich zu der Szene kam, die sie aus einem Buch abgeschrieben hatte. Es handelte von zwei Frauen, die zusammen duschten und sich dabei näher kamen. Ich war fassungslos. Nicht über die Tatsache, dass meine Schwester lesbisch sein könnte, sondern darüber, dass sie so etwas in ihr Tagebuch schrieb, drei Tage, nachdem sie geheiratet hatte.
Wie alt warst du da?
Siebzehn.
Maria summt eine Melodie.
Was ist das?
Ein pädophiler Schlager aus den Sechzigern, antwortet sie und singt: *Siebzehn Jahr, blondes Haar, so kam sie zu mir...*
Was heißt das?
Maria übersetzt die Liedzeile.
Das hätte hier nicht funktioniert: Sexy ist, wer schwarze Haare hat und dunkle Augen.
So wie du?
Schweigen. Der Satz ist ihr einfach herausgerutscht. Steht nun zwischen ihnen. Maria will am liebsten zu-

rückspulen, die Szene noch einmal drehen, aber es ist zu spät.
Nein. Nicht so wie ich.
Sondern?
Bea steht auf, bindet ihren Bademantel fester. Das erkläre ich dir ein andermal. Jetzt muss ich schlafen.
In Ordnung. Aber vergiss es nicht.
Maria dreht sich zur Seite. Sie will nicht, dass Bea geht. Sie soll die ganze Nacht in diesem Sessel sitzen bleiben und reden. Ihr gegenüber, im Sicherheitsabstand von zwei Metern Dunkelheit.
Bea nimmt die Zigaretten vom Tisch, steckt sie in die Bademanteltasche, geht an ihr vorbei.
Schlaf schön.
Du auch, sagt Maria und fragt sich, warum sie Bea nicht zurückhält, warum sie es nicht versucht, warum sie nicht mit ihr schlafen will. Eine Antwort gibt sie sich nicht.

Du kennst die Stadt gut.
Sie klettern auf den höchsten Punkt und schauen auf die symmetrisch angeordneten Häuser hinunter.
Gut genug, um zu wissen, dass es gewisse Architekten gab, die davon geträumt haben, Ordnung in das Chaos zu bringen. Und gut genug, um zu wissen, dass sie es nicht geschafft haben.
Wie lange hast du hier gelebt?
Zwei Jahre etwa.
Wie bist du hierher gekommen?
Ich habe an einem Austauschprogramm der Universität teilgenommen.

Und warum bist du wieder fortgegangen?
Maria lässt ihren Blick schweifen. Ganz am Ende liegt das Meer, dessen Blau sich nahtlos in den Horizont einfügt.
Du bist neugierig.
Ich sammle Geschichten.
Um Literatur daraus zu machen?
Nein. Um das Leben zu verstehen.
Dann muss ich dich enttäuschen. Meine Geschichte versteht sich von selbst: Liebeskummer.
Sie dreht sich um und lässt Bea stehen. Die läuft ihr nach, hakt sich bei ihr ein.
Erzählst du mir davon?
Nein.
Sie kaufen Nüsse und Pistazien und Bea kann nicht glauben, dass Maria die Sonnenblumenkerne schneller im Mund schälen kann als sie selbst.
Wo hast du das gelernt?
Im Bett.
Sie kaufen in einem Fotogeschäft für tausend Peseten einen winzigen Fotoapparat, der nur aus dem Film und einem Plastikgehäuse besteht.
Die werden nie was, die Bilder.
Vielleicht nicht das, was wir uns vorstellen, aber irgendein Foto kommt schon raus. Das Lustigste setze ich neben das Interview mit dir in die Zeitung.
Kommt gar nicht in Frage.
Kommt wohl.
Sie kaufen eine Flasche Rotwein und Oliven.
Kommst du wieder mit zu mir?
Wenn du willst.

Sie will und kommt mit.
Bea bestellt Pizza, sie essen, reden, trinken.
Maria will nicht wahrhaben, dass sie sich verliebt hat. Tut so, als bemerkt sie ihr Herz nicht. Es schlägt schneller, wenn Bea sie zu lange ansieht, es zerspringt fast, wenn sie Opfer einer flüchtigen, zufälligen Berührung wird, es klopft ununterbrochen, seit sie zum dritten Mal auf diesem Sofa sitzt und auf Bea wartet, die jetzt aus dem Badezimmer kommt. Frisch geduscht, mit nassen, zurückgekämmten Haaren, einer weiten Hose und einem weißen Hemd, das sie sich im Gehen zuknöpft.
Gehen wir aus?
Bea errötet. Zuckt mit den Schultern. Darauf bin ich nicht vorbereitet.
Musst du dich darauf vorbereiten, auszugehen?
Mit dir schon. Sie bleibt ein paar Schritte vor ihr stehen.
Maria steht auf. Wird es riskieren. Geht auf sie zu. Bea spürt, wie sich ihre Kehle zuschnürt. Sie unterdrückt den Impuls, sich umzudrehen und fortzulaufen, zu sagen, geh weg, hör auf damit, lass mich in Ruhe. Steht einfach regungslos da und will sich auflösen. Mit jedem Schritt, den Maria näher kommt, senkt sie ihren Blick, so lange, bis sie ihre Schuhspitzen vor Augen hat.
Sieh mich an, sagt Maria leise.
Sie schüttelt den Kopf.
Bitte. Sieh mich an.
Bea ist erstarrt, die Füße verschwimmen vor ihren Augen zu einer schwarzen Fläche. Sie hebt den Kopf, aus dem Schwarz wird Blau. Sie schaut geradewegs in Marias

Augen. So dicht stehen sie voreinander, dass Maria ihren Atem als flüchtigen Hauch auf der Haut verspürt.
Ich habe Angst, sagt Bea.
Wovor?
Dass es mir gefällt.
Ihre Lippen berühren sich fast, und bevor Bea ein Wort zwischen sie sprechen kann, legt Maria ihr den Zeigefinger auf den Mund.
Ich kann dir nicht versprechen, dass es dir nicht gefällt.
Bea schließt die Augen, es ist das Einzige, was ihr einfällt zu tun. Im Dunkeln verfolgt sie still den Weg der Fingerkuppen, die kaum spürbar über ihr Gesicht wandern, den Schatten einer Berührung, federleicht und abgrundtief. Blind, wie von selbst legen sich ihre Hände auf Marias Schultern, streicheln ihren Hals, verlieren sich in ihrem Haar. Sie öffnet die Augen. Sie muss es ihr sagen. Jetzt.
Ich…
Maria schüttelt den Kopf. Es ist keine Bitte, es ist Begehren. So stark, dass Bea nachgibt. Sie öffnet ihre Lippen, lässt sich fallen. Hinein in einen Kuss, von dem sie fühlt, dass er ohne Anfang und Ende ist, von dem sie nicht weiß, ob sie ihn nur träumt: Ist sie das, die hier steht, in den Armen einer Frau, die sie nicht einmal achtundvierzig Stunden kennt? Ist sie das, der das Herz bis zum Hals schlägt, die bereit ist zu vergessen, dass sie es für vollkommen ausgeschlossen hält zu vergessen: Raum, Zeit, Wissen?
Ich will, dass es Jahrhunderte dauert, bis ich weiß, wer du bist.

Poetisch. Maria lächelt. Könnte von einer Schriftstellerin sein.
Es ist von einer, die entdeckt, was Worte bedeuten.
Zum Beispiel?
Bea löst sich aus ihrer Umarmung, nimmt sie an der Hand und führt sie in den Wintergarten, deutet auf den Schreibtisch. Ich schreibe, seit ich denken kann, über Menschen. Aber ich habe keine Ahnung, wie sie wirklich funktionieren. Ich weiß nicht, was sie miteinander tun und warum. Ich bin alleine, ein anderes Gefühl kenne ich nicht.
Du hast nie geliebt?
Ich glaube nicht. Wenn man mir zu nahe kommt, muss ich gehen.
Sie schweigen. Gegenüber in der Küche klappert jemand mit Geschirr, aus dem Radio dringt blechern eine Stimme, die Tagesnachrichten verliest.
Warum?
Weil ich anders bin. Eine Fremde. Mir hat immer irgendetwas gefehlt, um mit anderen zusammen sein zu können. Und seit... Sie bricht den Satz ab und dreht sich weg.
Seit was?
Ich bin nicht so, wie du denkst.
Ich denke nicht, dass du irgendwie bist.
Bea nimmt ihre Hand. Das Verrückte ist, dass ich dir das fast glaube. Seit ich dir begegnet bin, ist mein System auf den Kopf gestellt. Ich stelle Fragen, die ich nie zuvor gestellt habe, ich erzähle dir von mir, ohne darüber nachzudenken, dabei wusste ich bis vor kurzem nicht einmal, wie das geht: mich mitzuteilen, die

Grenze zwischen mir und anderen aufzulösen. Es ist, als ob du in mich eingedrungen wärst, von der Minute an, in der du gestern an mir vorbei in meine Wohnung gegangen bist, als ob ich auf dich...

Bea lässt sie los, geht einen Schritt zurück. Ein unsichtbarer Vorhang fällt.

Ja? fragt Maria.

Doch Bea kann nicht weiter. Sagt schon zu viel. Geht Schritt für Schritt fort, steht da am Fenster und ist bereits Lichtjahre von ihr entfernt. Maria spürt, wie sie ihr entgleitet, und streckt die Hand nach ihr aus, obwohl sie weiß, dass sie ins Leere greift. Bea geht wortlos an ihr vorbei, schließt die Tür zum Schlafzimmer hinter sich.

Maria muss sich zurückhalten, um ihr nicht durch die geschlossene Tür zu folgen. Auf ihren Lippen brennt noch immer ein Kuss, aber sie spürt, dass sie nicht an der Reihe ist. Geht in die Küche, holt sich ein Glas Wasser und setzt sich aufs Sofa. Wartet. Hört ihre innere Stimme und versucht ihr zu widersprechen. Hat keine Chance: Ich hätte es wissen müssen. Hätte gar nicht erst wiederkommen sollen. Hollywood spielen und am Ende enttäuscht sein, dass es nur ein Film ist, ist lächerlich. Alles nur, um Teresa zu vergessen. Teresa, Teresa, Teresa. Sie kann den Namen nicht mehr hören. Bea. Ein anderer Name. Nur ein Verlust mehr. Kurz und schmerzlos, wenigstens. Steh auf und geh. Fahr in dein Hotel, pack deine Sachen, kehr zurück, dorthin, wo du herkommst. Vergiss es. Sie gibt ihrem Körper den Befehl aufzustehen, aber sie rührt sich nicht. Als wäre sie einbetoniert.

Dann steht Bea im Türrahmen. Sie hat einen der drei Bademäntel an. Drei Bademäntel und noch nie geliebt? Wahrscheinlich erzählt sie ihr einen ihrer Romane. Und Maria ist zu romantisch, um zwischen Wahrheit und Dichtung unterscheiden zu können.
Drei Bademäntel. Aber noch nie geliebt, ja?
Kaufst du dir jedesmal einen Bademantel, wenn du liebst?
Dann hätte ich nur einen.
Und was machst du dann hier?
Weder nach Bademänteln noch nach Liebe suchen.
Jetzt kann sie aufstehen. Jetzt ist die Sache klar. Sie kann gehen. Wie in Trance begleitet sie sich aus dem Zimmer, sieht sich ihre Jacke vom Haken nehmen, ihren Rucksack vom Boden aufheben und auf die Wohnungstür zugehen. Raus. Sie muss raus hier.
María!
Das gilt ihr nicht. Sie meint eine andere. Alle meinen immer eine andere. Sie steht für Romanzen nicht zur Verfügung. Ist und bleibt allein. Sie steht mit dem Rücken zu Bea. Dreh dich nicht um.
María! Nicht gehen!
Sie dreht sich um. Es ist irrational, es ist unlogisch, es ist gefährlich, und es kann sie das bisschen Gleichgewicht kosten, das ihr Leben in der Waage hält, aber es ist das einzige, was sie wirklich will: in ihrer Nähe bleiben.
Bea hat die Arme fest um den eigenen Körper geschlungen. Ich muss dir etwas zeigen. Sie schaut auf den Boden, spricht leise. Kaum hörbar.
Aber versprich mir, dass du nicht lügst.

Versprochen.
Dann komm mit ins Schlafzimmer.
Maria lässt den Rucksack zu Boden fallen, zieht die Jacke aus, die Schuhe, die Socken. Knöpft langsam ihr Hemd auf, streift es ab, steht im T-Shirt da und befiehlt ihrer inneren Stimme, endlich den Mund zu halten. Sie bemüht sich, einen ernsten Eindruck zu machen, dabei weiß sie nicht, ob sie lachen oder weinen soll. Sie versucht ein Lächeln.
Ob du wohl einen Bademantel für mich hättest?

Sie sitzen sich auf dem Bett gegenüber.
Ich hab schon wieder Angst, sagt Bea leise.
Dass es dir gefällt?
Nein. Sie lächelt schwach. Darum geht es gerade gar nicht. Oder doch. Ich weiß nicht. Es geht um… Bea beißt sich auf die Lippen, atmet tief durch. Um etwas, das ich sonst nicht teile. Weil es nicht wichtig ist. Aber mit dir ist auf einmal alles wichtig.
Maria lächelt. Sie hat keine Ahnung, wovon Bea redet, aber sie spürt, dass es von Bedeutung ist.
Dann öffnet Bea langsam den Gürtel ihres Bademantels. Sie schiebt den Stoff über die Schultern, lässt die Ärmel nach unten rutschen, bis sie mit nacktem Oberkörper vor ihr sitzt.
Maria sagt nichts. Zu viele Gedanken schießen ihr gleichzeitig durch den Kopf. Dass sie jetzt nichts Falsches tun darf, dass Bea ihr niemals glauben wird, was die Wahrheit ist: dass sie auf Narben steht. Dass es ihr die Sprache verschlägt, weil sie es wunderbar findet. Sie

sucht Beas Augen, die sie mustern, jeden ihrer Blicke auffangen, die sie erwartungsvoll anschauen.
Sag was.
Ich weiß nicht, was ich schöner finde.
Was schöner findest?
Die linke oder die rechte Seite.
Bea schaut an sich hinunter. Wo ist rechts für dich?
Schwierige Frage. Ich verwechsle rechts und links immer. Ich kann es nur unterscheiden, wenn ich vor meinem inneren Auge die Kreuzung betrachte, an der ich als Kind mit dem Fahrrad links zum Wald und rechts zum Fluss abbiegen musste.
Dann zeig mir den Wald.
Maria streckt langsam die Hand aus, lässt ihre Finger über die glatte Hautfläche gleiten, wo der Körper nie verwundet war. Nur langsam nähert sie sich der Stelle, die einem verwaisten Kriegsschauplatz gleicht. Hier hat ein Kampf auf Leben und Tod stattgefunden, der unübersehbare Spuren hinterlassen hat. Sanft berührt sie die Narbe, die ungleichmäßig zusammengewachsene Haut, die zusammenhält, was einmal eine klaffende Wunde war. Maria denkt an die Schriftstellerin mit dem Herzen aus zweiter Hand: Wie ist es wohl in sie hineingekommen? Doch die Frage versickert ohne Antwort. Ungefragt dagegen wandern ihre Fingerspitzen weiter, umstreichen die Rundung der linken Brust, dann die dunkle Brustwarze, die, kaum berührt, über sich hinaus wächst.
Bea schließt die Augen und es ist, als explodierte sie unter der Haut. Ihr stockt der Atem, sie weiß nicht

mehr, wohin mit sich. Tritt aus sich heraus und sieht sich dort auf dem Bett sitzen: amputiert, regungslos, wirr. Wünscht sich hin, wünscht sich fort. Kann sich nicht rühren.
Maria sieht sie vollkommen schutzlos. So nackt, als könnte sie sich jeden Augenblick in Luft auflösen. Fürchtet sie festzuhalten und will doch diesen zitternden Körper in Sicherheit bringen: vor der Kälte, vor der Helligkeit, vor den eigenen Augen.
Komm, sagt sie zu Bea und zieht sie sanft zu sich heran, hält sie fest im Arm, wie eine Schiffbrüchige, die sie gerade eben aus dem Wasser gezogen hat. Wiegt sie wie ein Kind, überredet sie leise unter die Decke. Sie liegen schweigend zusammen, bis die Dunkelheit über sie hereinbricht. Es gibt nichts zu sagen, nur zu spüren: Beas Kopf auf ihrer Schulter, ihren Atem an der Halsschlagader. Die trockenen Lippen, ihr Mund, der von Zeit zu Zeit Beas Stirn küsst.
Bea lauscht Marias Herzschlag. Ein fremdes Leben neben sich. Ein Herz, von dem sie nichts weiß. Ein Herz, das ihr eigenes aus dem Takt bringt. Hände, die sie zurück auf die Brust sehnt, die sie fürchtet und die sie will. Keinen Millimeter mehr weichen von dem warmen Körper neben sich, jetzt und hier für immer sein, in dieser Umarmung, von der sie wieder lassen muss, von dieser Hand voll Glück, deren Abschied sie schon riechen kann.
Warum bist du wirklich von hier fortgegangen?
Weil ich die Berührung der Stadt auf der Haut nicht länger ertragen habe.

Wann, denkt Bea, gehst du wieder, wozu bist du gekommen und wer bist du eigentlich? Fragen, vor deren Antworten sie in den Schlaf flüchtet, der sie mühelos aufnimmt und davonträgt.
Maria fürchtet den Traum. Was wird sein, wenn sie erwacht, wenn das grelle Tageslicht in das Zimmer dringt, die Spuren dieser Nacht, die entwaffnend ist und fragil, offen legt? Am liebsten die Zeit anhalten, den Zeiger feststellen auf fünf Uhr morgens und im diffusen Licht die Körper verfallen lassen. Morgen, das heißt die Erinnerung an ein Vergangenes. Morgen, das ist die Wirklichkeit, die ohne Umschweife aus ihr eine Fremde macht. Doch noch ist nicht Morgen, noch gehört das Heute, das eigentlich schon morgen ist, zum Gestern. Und dieses Gestern hat mit einem Mal ein schönes Gesicht. Maria streicht mit der Handfläche sanft über Beas Rücken. Sie fürchtet diesen schlafenden Körper nicht. Mehr noch, sie sucht seine Nähe. Gibt einen Platz neben sich frei, den es eigentlich nicht gibt.

●○●

Wer ist Teresa?
Maria zuckt zusammen. Habe ich im Schlaf gesprochen?
Bea nickt.
Was habe ich gesagt?
Nur ihren Namen.
Maria starrt in die Kaffeetasse. In der fast schwarzen Flüssigkeit spiegelt sich die Küchenlampe, die über dem Esstisch hängt, an dem sie frühstücken. Als sie aufwacht, ist der Platz neben ihr leer. Sie liegt einige Minuten da, lässt ihren Blick im Zimmer spazieren gehen, lauscht dem gedämpften Geklapper, das aus der Küche kommt. Dann steht sie auf, unruhig, muss sich vergewissern, dass die Geräusche von Bea stammen.
Teresa ist meine Freundin. Maria sieht nicht von der Kaffeetasse auf. Gewesen.
Gewesen?
Gewesen.
Bea sucht den Rückwärtsgang. Ich wollte dich nicht verstimmen.
Dabei ist sie selbst verstimmt. Wacht auf, weil sie erschrickt: über den Körper neben sich. Dann erinnert sie sich. María. Hört sie stammeln: Teresa. Spürt den Stich in der Magengrube. Teresa. Wer ist sie, dass sie in ihren Träumen lebt? María ist unruhig, wirft den Kopf hin und her, greift mit den Händen ins Leere. Sie legt ihr die Hand auf die Schulter, zuerst zaghaft, dann fester, so hat sie noch nie einen Körper angefasst, dass es ihr scheint, als könnte eine kleine Berührung ein

Erdbeben auslösen. María wird ruhiger und Bea liegt wach. Ja, sie will wissen. Will wissen, wer María ist und wer Teresa ist. Will sich hineinwerfen in diesen Krater, der sie zu verschlingen droht, der sie verführen will zum freien Fall. Aus der Haut fahren wie eine Schlange, die alte, unbrauchbare Schicht abwerfen und wie neu durch die Tür treten: Hier bin ich, nimm mich mit nach Liebe.
Habe ich noch etwas im Schlaf gesagt?
Bea fährt sich schnell mit den Händen über die Augen, verwehrt sich Tränen, von denen sie nicht weiß, woher sie kommen. Schüttelt den Kopf.
Maria kann nichts tun. Sie kann nicht ihre Hände nehmen, ihre Fingerspitzen küssen, nacheinander, sie kann kein Lächeln auf ihre Lippen zwingen, sie kann nur dasitzen und ihre Wut unterdrücken. Steht auf, geht durch die Küche zum Fenster im Salon, sieht auf die Straße. Dort fahren die Autos auf vier Spuren in zwei Richtungen und stoßen nicht aneinander. Weil sie die Spielregeln beachten. Das tut sie auch. Sie dreht sich um.
Du erinnerst mich an etwas, von dem ich nicht dachte, dass es noch da ist.
An Teresa?
An Glück.
Es fängt an zu regnen und die Autos fahren langsamer. Sie fahren zur Arbeit, zum Kindergarten, zur Schule, einkaufen. Sie geben automatisch Gas und sie bremsen, wenn sich ihnen etwas in den Weg stellt.
Bea steht auf, geht um den Tisch herum, bleibt hinter Maria stehen, legt ihr eine Hand auf die Schulter.

Du erinnerst mich an nichts. Du bist anders als alles, was ich erinnern kann. Vielleicht ist das Glück.
Maria hört nicht mehr, was Bea sagt. Sie hat ihre Augen starr auf die Verkehrsinsel gerichtet, auf die Fußgängerampel, über deren Zebrastreifen jetzt eine Gruppe Jugendlicher geht, lachend, einander zugewandt. Von weitem nähert sich ein Lieferwagen mit erhöhtem Tempo und drosselt die Geschwindigkeit erst kurz vor der roten Ampel. Idiot. Sie spürt ihre Beine nicht mehr, sie sind zu schwer und sie kann sich nicht bewegen.
María, ich will nicht wissen, wer Teresa ist. Ich will wissen, wer du bist.
Das ist dasselbe, denkt sie. In ihrem Kopf hat das monotone Klopfen eingesetzt und um sie herum rauscht es. Wie damals.

Maria weiß es sofort, als sie Carlos die Tür öffnet. Die Katastrophe steht in seinem Gesicht geschrieben. Er hebt die Hände und lässt sie wieder sinken. Er beißt sich auf die Lippen und keines der Worte, die er sich beim Hinaufgehen zurechtlegt, will herauskommen. Sie ist es, die ihn fragt, und er nickt, als hätte sie ihn bei einem Dummejungenstreich erwischt. Dann nimmt sie das Rauschen zum ersten Mal wahr. Es trennt sie von Carlos, dem Treppenhaus, von der Wohnung, die von jetzt auf gleich aufhört, ihr Zuhause zu sein. Von der Stadt, dem Land, der Welt, dem Leben, das sie in ein Vakuum schleudert, von dessen Ausmaß sie sich noch keine Vorstellung macht.
Sie schließt die Tür wie im Traum, geht in die Küche und öffnet den Kühlschrank. Holt das Abendessen

heraus und wirft es in den Müll. Dann die Flaschen mit dem alkoholfreien Bier, den Joghurt mit Ananasgeschmack und den Käse mit den Nussstücken. Im Badezimmer räumt sie alles bis auf ihre Zahnbürste fort. Irgendwann klingelt das Telefon und sie kommt zu sich. Mit einem Schlag wird ihr klar, dass sie ihr ganzes Leben wegwerfen muss, um die Spuren von Teresa darin zu verwischen. Nicht mehr und nicht weniger bedeutet ihr Tod.

Bea rückt Maria einen Stuhl ans Fenster. Zündet eine Zigarette an und reicht sie ihr. Setzt sich ihr gegenüber und wartet.
Willst du es mir erzählen?
Maria schüttelt den Kopf.
Was könnte denn passieren?
Ich könnte sterben.
Das wird nicht passieren.
Was macht dich da so sicher?
Ich weiß es eben.
Bea pokert hoch und Maria spielt mit. Sie ist mit der ganzen Partie am Ende und sie hat absolut nichts mehr zu verlieren. Doch sie findet die Karten nicht mehr, die sie irgendwann im Ärmel versteckt hat.
Was willst du wissen?
Bea zögert keine Sekunde: Wer du bist.
Eine, die zurückgekehrt ist, um Abschied zu nehmen. Die Spuren einer Geschichte aufzuspüren, die ihr das Herz einbetoniert hat. Eine Tote zu begraben. Maria macht eine kleine Pause, schaut aus dem Fenster.
Und ein Leben zu retten.

Wessen Leben?
Mein eigenes.
Das ist gut.
Warum?
Weil es das einzige ist, das du retten kannst.
Bea grinst und Maria versucht ein Lächeln. Dünnes Eis, auf dem sie geht: Woher weiß sie, dass sie hier richtig ist? Nur weil Bea ihre Wunde offen gelegt hat? Ihre Augenlider werden schwer und sie legt den Kopf nach hinten: Schlafen, sie will nichts als schlafen. Trotzdem beginnt sie zu sprechen. Holprig, ohne zu wissen, was sie sagen will, wirft sie ihre Gedanken in die Waagschale, von der sie hofft, dass sie nach keiner Seite kippt.
Ich hatte nicht damit gerechnet. Ich hatte nie darüber nachgedacht, dass Teresa eines Tages nicht mehr nach Hause kommen könnte. Ich hatte mir vorgestellt, wie es wäre, wenn es eine andere Frau gäbe, wenn die eine die andere verlassen würde. Ich wusste, dass die große Liebe nicht ewig anhält und dass wir nicht für immer wie in Flitterwochen leben würden. Teresa war Polizistin und ich Schriftstellerin. Teresa ging um sieben Uhr zur Arbeit und ich verbrachte den Tag mit Schreiben. Wenn sie zum Mittagessen nach Hause kam, hatte ich gerade gefrühstückt. Wir waren wie Tag und Nacht. Völlig unterschiedlich. Teresa wollte nichts anderes als Polizistin sein und mit mir leben. Ich wollte nichts anderes, als an ihrer Seite zu werden, was mein Verlag in Deutschland sich von mir versprach: erfolgreich. Teresa und ich waren uns zum richtigen Zeitpunkt am richtigen Ort begegnet. Wir waren einfach zusammen und spielten Glück. Deshalb hielt ich uns für unver-

wundbar. Maria schnippt die Asche ihrer Zigarette in den Aschenbecher. Jedenfalls dachte ich das, bevor ich sie in der Leichenhalle wieder getroffen habe.
Wann war das? Bea fragt leise, als ob sie die für immer schlafende Teresa nicht wecken wollte.
Ziemlich genau vor vier Jahren. Drei Tage später habe ich Barcelona verlassen und bin seitdem nicht wieder hier gewesen. Ich musste gehen. Sonst wäre ich verrückt geworden.
Bea rückt näher an sie heran, nimmt ihre Hände. Es gibt nichts, was sie tun kann, nichts, was sie sagen kann, nichts, was diesen Schmerz lindern könnte. Aber sie fühlt, dass ihr Herz sich ungewohnt öffnet, und sie wünscht, Maria könnte es spüren.

Bea lässt sich gegen die Tür fallen. Bleibt dort stehen. Mit dem Rücken zur Wand, denkt sie. Zehn Schritte weiter erwartet sie das, was sie bereits hier spürt: Leere.
Ich muss ins Hotel zurück, lügt Maria.
Sehe ich dich wieder?
Mit Sicherheit. Zum Abschied umarmen sie sich flüchtig im Auseinandergehen.
Bea hält es nicht aus in der Wohnung. Sie hält es überhaupt nicht aus: nicht mit ihr und nicht ohne sie.
Und wenn ich hier einfach stehen bleibe? Warte, bis sie wiederkommt? Sie kommt nicht wieder. Soll nicht wiederkommen. Soll zu verhülltem Traum werden, zu kaum spürbarem Hauch erinnerter Nähe, die unvorstellbar bleibt. Sie gleitet an der Tür hinunter auf den Boden, streckt die Beine aus.

Sie belügt sich. Nichts ist mehr unvorstellbar. Alles ist denkbar. Ihre Hände, ihre Lippen, ihr Lachen in der Dunkelheit. Die Suche nach ihr, seit sie gegangen ist. Der Himmel: Farbe ihrer Augen. Das Rauschen des Meers: Klang ihrer Stimme. Die Menschen auf der Rambla: Ihre Leben. Unvorstellbar, was vorstellbar ist: sie zurückwollen. Nicht morgen, nicht später am Tag, sondern gleich, in diesem Moment. Jetzt. Sich wieder finden in ihren Armen, die sie halten, ihren Körper umschließen, gerade so, als wäre sie darin zu Hause. Zu Hause. Was für ein Gedanke! Es gibt keine andere Zuflucht als diese vier Wände, die nur darauf warten, jene Einsamkeit zu bekleiden, aus der sie sich einen Tag und eine Nacht und noch einen Tag herausgeschlichen hat, wie eine Eingesperrte auf Freigang. Jetzt ist sie wieder da.

Bea steht auf, zieht die Jacke aus und lässt sie achtlos auf den Boden fallen. Wird sie später aufheben. Oder liegen lassen. Sie öffnet die Glastür zum Wintergarten. Da unten im Hof wohnt ein Traum, der ihr verschlossen bleibt. Sie schaut hinunter: Sie sieht kein Blutbad, aber sie weiß, dass es da ist. So wie die unsichtbaren Fingerabdrücke auf der Tastatur des Computers, die weggewischten Tropfen verschütteten Weins auf dem Tisch, der Abdruck des schlanken Körpers auf dem scheinbar unberührten weißen Laken. Sie legt sich bäuchlings darauf, streckt die Arme aus. Bis zu ihren Fingerspitzen erstreckt sich die Welt. Dahinter hat sie nichts zu suchen. Bis dahin kann sie träumen. Was sie jetzt tut, gehört nur ihr allein. Sie setzt sich auf, öffnet ihr Hemd, zieht es aus. Auch das T-Shirt und den BH mit dem

eingenähten Schaumstoffpolster. Sitzt bewegungslos auf dem Bett und blickt ins Leere. Ich würde nichts zwischen uns haben wollen. Zieht die Jeans aus. Ist fast nackt. Soll sie den Slip anbehalten? Ist das erotisch? Sie legt sich auf den Rücken und träumt María auf sich. Fass mich an. Ihr Körper schmerzt vor Begehren, ihre Hände wandern unruhig auf der eigenen Haut, sind Vertriebene, die nicht mehr wissen, wohin. Komm zurück, denkt sie. Bleib fort, denkt sie. Vergiss sie, vertreib sie aus dem Kopf, aus dem Bauch. Hol sie her, mach sie wahr, flüstert es in ihr. Dabei verlieren sich ihre Hände zwischen ihren Beinen, wissen, dass sie nicht mehr tun können, als sie hinzuhalten. Hier geht es nicht darum zu kommen. Hier geht es darum zu bleiben.
Als das Telefon neben ihr klingelt, erstarrt sie. Das ist sie. Muss sie sein. Hat es gespürt. Sie greift nach dem Hörer, hebt ab.
Ich kann jetzt nicht, sagt sie zur Schwester und legt auf. Ihr Herz klopft, ihre Hände zittern. Sie ist atemlos. Sie macht sich lächerlich. Stellt sich vollkommen bloß. Weiß nicht, wohin mit sich. Mit der Angst und dem Verlangen, mit den Bildern, die ihre Gedanken stürmen, mit der Sehnsucht, die in ihr brennt, von der sie nichts weiß, die sie nicht lassen kann. Wohin mit diesem Namen, der sich in ihr festsetzt wie ein Mantra: María. Wie ein Echo in ihrem Inneren widerhallt, ungesagt nicht vergeht. María. Keine Antwort findet auf eine nie gestellte Frage.
Sie geht ins Badezimmer, zieht sich den blauen Bademantel an. Jetzt nur kein Weiß. Dann sieht sie es. Mit schwarzem Kajal auf den Spiegel geschrieben:

Wann immer du willst. Hotel Buena Vista, 653 767. Du bist verrückt, sagt sie laut und muss lachen. Und wunderbar. Sie hat die Verbindung nicht gekappt. Etwas existiert zwischen ihnen. Eine Linie, ein Weg, der zu ihr führt. Wann immer sie will. Jetzt kann sie warten. Auf morgen, zum Beispiel.

•○•

Es ist viel zu früh für den ersten Kaffee in der Bar an der Ecke, die Zeitungen liegen noch zusammengeschnürt vor dem verschlossenen Kiosk: Wer jetzt nicht mehr schläft, backt Brot, war noch nicht im Bett oder flieht, wie Maria, vor der Nacht. Sie ist aufgekratzt. Tote Träume ohne Bilder begleiten ihren Schlaf, machen sie nervös.
Sie verlässt den ganzen Abend das Hotel nicht. Wartet.
Es ist möglich, dass mich heute noch eine meiner Interviewpartnerinnen anruft. Stell durch, egal wie spät es ist.
Wie heißt sie denn?
Bea.
Und weiter?
Gálvez.
Muss ich sie kennen?
Nein.
Was hat sie denn geschrieben?
Ein Buch über eine Frau, die ihren Mann verlässt, weil er sie wegen eines verkorksten Haarschnitts auslacht.
Ist das realistisch?
Keine Ahnung, ich war nie verheiratet, antwortet sie und weiß, das stimmt nicht.
Und Teresa?
Teresa hat mir die Haare selbst geschnitten. Und schon deshalb nicht darüber gelacht.
Pedro grinst. Es ist das erste Mal, dass sie über Teresa sprechen. Es ist löchriger Boden, aber er will nichts unversucht lassen.
Wer von euch beiden hat denn die Ehe aufgekündigt?

Teresa.
Ist das so oder siehst du das nur so?
Das ist so.
Sie weiß von Anfang an, dass auch diese Beziehung in die Brüche gehen wird. Das Paradies ist alles andere als ewig und bis zum Ende ist es immer nur eine Frage der Zeit. Die nur der Tod mit unaufschiebbarer Dringlichkeit beantwortet.
Warum?
Weil sie stehen geblieben ist.
Du meinst, sie hat sich nicht weiterentwickelt?
Nein. Ich meine, sie ist stehen geblieben. Auf einer Kreuzung.
Hattet ihr euch gestritten?
Nein. Die Ampel war ausgefallen.
Was zum Teufel erzählst du mir da für eine Geschichte? Du willst mir sagen, eure Beziehung ist daran gescheitert, dass Teresa auf einer Kreuzung stehen geblieben ist, weil die Ampel ausgefallen war?
Maria bestellt noch einen Espresso. Wenn sie es sagt, verliert sie Teresa an die Wirklichkeit. Wenn sie es nicht sagt, verliert sie Pedro ganz. Und Bea. Sie holt Luft.
Teresa war mit einem Kollegen im Streifenwagen unterwegs. Sie kamen an einer Kreuzung vorbei, an der die Ampel ausgefallen war. Sie stiegen aus, um den Verkehr zu regeln, bis ein Kollege von der Verkehrspolizei kommen würde. Aber ein übernächtigter Tourist war mit seinem Wohnmobil schneller. Er ist auf die Kreuzung zugerast und Teresa hat sich ihm in den Weg

gestellt: Sie gab ihm Rot. Und er hat sie einfach überfahren.
Pedro wird blass. Teresa ist tot?
Teresa ist umgebracht worden.
Scheiße. Er weiß nicht, was er sagen soll, er ringt um Fassung. Plötzlich beginnt er zu verstehen, in Sekunden setzen sich die Puzzleteile in seinem Kopf zu einem klaren Bild zusammen.
Warum bist du nicht hierher gekommen? Warum hast du nichts gesagt?
Was hätte ich hier sollen? Trauern? Warten? Worauf? Teresa war der einzige Grund, in Barcelona zu sein. Es war das Logischste, nach ihrem Tod sofort zu gehen. Und ich dachte, du würdest es sowieso erfahren.

Sie packt ihre Sachen innerhalb von zwei Tagen. Nach der Beerdigung kommt die Familie, wühlt in Teresas Dingen, kehrt das Innerste nach außen, beweint eine Tochter, eine Schwester, eine Tante. Eine Lebensgefährtin gibt es nicht.
Wenn mir etwas zustoßen sollte, dann liegt hier in meinem Schreibtisch ein Brief für dich.
Untersteh dich: Ich bring dich um, wenn dir was zustößt!
Sie erinnert sich sofort daran. Schon als Carlos in der Tür wortlos nickt, fällt ihr der Brief ein, als wäre er der schwarz auf weiß geschriebene Beweis für das Unfassbare. Sie versucht, ihn zu vergessen, schleicht bis zuletzt um ihn herum wie eine Diebin, weil es die letzten Worte sind, die Teresa zu ihr spricht.

Meine liebe María,
wenn du diese Zeilen liest, bin ich tot. Ein komischer Gedanke. Nichts ist mir heute ferner, als mir vorzustellen, ich könnte sterben, denn ich habe noch nie so viel Leben in mir gefühlt wie an deiner Seite. Du weißt, Schreiben ist nicht meine Stärke, das kannst du von uns beiden viel besser. Dabei ist es so einfach, was ich dir sagen will: Ich liebe dich.
Deshalb möchte ich, dass du alles, was uns beiden gehört, vor der Welt schützt, in der es dafür keinen Platz gibt. Wenn ich gehen muss, dann nehme ich unsere Liebe mit in den Tod, wo auch immer er mich hinführt. Kümmere du dich um den Rest.
Und du sollst wissen: Ich war niemals glücklicher als in deinen Armen.
Teresa

Sie kümmert sich um den Rest. Packt die Briefe und Fotos in ihre Reisetasche und den Rest in drei Mülltüten, die sie in der Nacht in den Container der Baustelle gegenüber wirft: T-Shirts, Hosen, Jacken, Schuhe, Dosen, Schmuck. Andenken an wunderbare Tage, Erinnerungen an schreckliche Streitereien. Zwei Jahre voller Leben in blauem Plastik zusammengeschnürt. Die Tagebücher und Papiere verbrennt sie mit ihren Büchern im Kamin, den Teresa selbst an lauen Sommernächten beheizt: Romantik kennt keine Temperaturunterschiede, sie ist immer heiß, sagt sie. Maria geht, wie sie kommt. Fast. Jetzt gehört die Erinnerung an ausgebombtes Glück in ihr Gepäck.

Vier Jahre später sitzt sie auf dem steinernen Kai und lässt sich von den hereinrollenden Wellen nass spritzen.
Wenn ich sterbe, will ich verbrannt werden, und meine Asche soll ins Meer gestreut werden.
Nichts davon. Teresa steht ein Amtsbegräbnis zu: Tod im öffentlichen Dienst. Sie ist eine hauptstädtische Beamtenleiche. In der Kirche, in der ihr Körper für die Angehörigen aufgebahrt ist, gibt man sich Mühe. Die Spuren der Katastrophe sind kaum sichtbar, man zieht ihr die Ausgehuniform an, die sie nicht mag, ohne Rücksicht darauf, dass die untere Hälfte ihres Körpers zerfetzt ist. Unter- und Oberkiefer sind mit einem kaum sichtbaren Faden zusammengebunden. Sie ist geschminkt, ihre Lippen sind unnatürlich rot. Sie sieht ein wenig aus wie ein Transvestit. Und Transvestiten wirft man höchstens lebendig ins Meer.
Das Bild verblasst. Es läuft ihr bei dem Gedanken daran kein Schauer mehr über den Rücken. Es ist einfach da, verdirbt ihr nicht einmal den Appetit. Im Gegenteil: Sie hat Hunger. Maria sieht auf die Uhr. Es ist Zeit zu frühstücken. Zeit, die Zeitung zu lesen. Zeit, dass dieses verfluchte Telefon klingelt.

●○●

Als ich klein war, bin ich oft sonntags mit meinem Vater hierher gekommen.

Sie sitzen an einen Felsen gelehnt, der sie vor dem Wind schützt, und zählen die Wellen, die ihre Zehenspitzen erreichen. Es ist Flut.

Er traf sich dort oben mit Freunden und ich saß stundenlang hier und spielte, ich wäre ein gestrandeter Pirat. Bea deutet auf den Kai, der sich meterlang in das Wasser erstreckt. Ich dachte, wenn ich den Weg dorthin schaffe, dann nimmt mich ein Segelschiff mit auf große Fahrt und niemand findet mich jemals wieder. Aber ich bin nie bis zur Spitze gekommen. Sie haben mich immer vorher eingeholt.

Wie schön.

Warum?

Sonst hätte ich dich wahrscheinlich niemals getroffen. Es sei denn, ich hätte eines Tages zufällig Piratinnen interviewen wollen. Keine schlechte Idee, übrigens.

Bea stapelt kleine Muscheln, die um sie herum im Sand liegen, ineinander.

Wie lange bleibst du noch?

Eigentlich wollte ich morgen zurückfahren.

Morgen? Bea schaut so plötzlich auf, dass der Muschelstapel umfällt.

Maria sieht sie nicht an. Ich muss zurück in meine Redaktion.

Es ist völliger Unsinn. Sie hat keine Redaktion. Sie hat einige kleine Aufträge in Aussicht, die sie mühelos verschieben kann, und mit dem Stipendium kann sie

sich problemlos ein paar Tage Urlaub finanzieren. Der einzige Grund, weswegen sie zurückmuss, ist: Angst. Sie ist dabei, sich zu verlieren. Sie ist dabei, es zuzulassen, mehr von Bea zu wollen als einen netten Flirt. Sie denkt nicht an Sex. Sie denkt an Liebe. Undenkbar.
Schade. Bea starrt auf den Sand und versenkt die Muscheln darin: ein Massengrab. Sie soll nicht gehen.
Ich könnte vielleicht einen Tag herausholen. Maria sagt das so dahin, aber ihr ganzer Körper steht unter Strom. Sie muss es hören.
Einen Tag, wiederholt Bea.
Vielleicht zwei. Sie holt Luft. Wenn du willst.
Bea schaut sie an. Willst du denn?
Maria nickt. Du könntest einfach hier bleiben. Oder musst du in die Stadt zurück?
Bea schüttelt den Kopf. Ich muss nirgends hin, sagt sie. Und denkt: außer zu dir.

Sie essen in einem kleinen Restaurant am Strand. Sie trinken Wein und sie rauchen eine Zigarette nach der anderen. Sie sitzen da wie zwei, die sich aus der Schulzeit kennen, zwei erwachsene Frauen, die einen Tag am Meer verbringen, weil sie sich lange nicht gesehen und sich viel zu erzählen haben.
Wann warst du das erste Mal hier?
Vor sechs Jahren.
Mit Teresa?
Ja. Einem ihrer Bekannten gehört das Hotel, in dem ich wohne.
Ist es nicht komisch für dich, ohne sie hier zu sein?

Jetzt nicht mehr.
Das stimmt und stimmt nicht. Komisch ist das falsche Wort. Es ist beängstigend. Denn Teresa verblasst, entzieht sich ihrer Vorstellung. Zuerst gehen die Farben, dann lösen sich auch die Schwarzweißaufnahmen auf. Teresa wird unscharf. Besetzt ihre Gedanken nicht mehr, bevor sie schlafen geht und nicht mehr beim Aufwachen. Nur noch, wenn sie unausweichlich Orte streift, die Teresa gehören: ihre Lieblingsstelle am Strand, die baskische Bar, in der sie mit dem schwulen Kellner flirtet, der kleine Tisch am Fenster hier im Restaurant, den sie schon von Barcelona aus für das Wochenende reservieren lässt.
Seit wann? Bea spürt das Seil, auf dem sie geht. Kein Netz, keinen doppelten Boden.
Maria könnte sagen: Seit ich dich liebe. Aber das tut sie nicht. Nicht einmal nach vier Gläsern Wein, der ihre Zähne leicht rot färbt und die von Bea auch.
Du siehst aus wie ein Vampir, sagt sie stattdessen.
Du auch.
Haben wir Blut geleckt?
Ich fürchte, ja.
Maria zahlt und Bea schiebt ihr einen Schein über den Tisch.
So reich ist die Tochter?
Reicher.
Ist mir egal. Maria steht auf und schiebt den Schein zurück. Ich bin der Junge.
Was meinst du damit?
Maria lacht. Willst du das wirklich wissen?
Ich bin nicht sicher. Lohnt es sich?

Auch Bea spürt die Wirkung des Weins, der ihr in den Kopf steigt, sie Dinge sagen lässt, die sie selbst nicht versteht.
Soll ich dich an einen Ort bringen, an dem du eine kleine Studie darüber betreiben kannst?
Ich bitte darum.
Das ganze Lokal schaut zu, wie sie kichernd aufstehen, erst recht, als Maria die Tür des Restaurants mit einer übertriebenen Geste öffnet und Bea an sich vorbei winkt: ¡Vamos!

Auf dem Weg zur Bar reden sie nicht viel. Es ist eine laue Nacht und sie laufen langsam, lassen sich die leichte Brise, die vom Meer kommt, genüsslich um die Nase wehen.
Wohin gehen wir?
An einen interessanten Ort zwischen Paradies und Sodom und Gomorrha.
Solche Orte kennst du?
An solchen Orten bin ich zu dem geworden, was ich bin.
Und was bist du?
Maria bleibt stehen. Von hier aus kann man auf das Meer sehen, auf die schwach beleuchtete Promenade und auf die Segelboote, die wie Betrunkene an der Anlegestelle hin und her taumeln. Sie lehnt sich an die Mauer, die ihr bis zu den Hüften reicht, und stützt sich auf.
Im Augenblick ziemlich durcheinander.
Dann haben wir etwas gemeinsam. Bea stellt sich neben sie, zwischen ihre Körper passt nicht einmal der Wind.

Maria heftet ihren Blick starr auf das Wasser. Sie wird sich nicht gehen lassen. Diesem Impuls, sich herumzudrehen, nicht nachgeben. Sie wird sie nicht leidenschaftlich küssen, an einem Ort, an dem sie schon einmal leidenschaftlich geküsst hat. Da nimmt Teresa sie an der Hand und sie fahren nicht zurück in die Stadt. Gehen zu Pedro und Teresa sagt:
Einmal Meerblick mit Frühstück.
Lass uns gehen, sagt sie zu Bea, es ist kalt hier oben. Dann stößt sie ihren Körper weg von der Mauer und läuft die Treppen hinunter, auf den kleinen Platz. Als sie unten ankommt, ist sie allein. Bea steht noch oben. Unbeweglich, leicht nach vorn gebeugt. Ein Windstoß und sie wird ins offene Meer geweht. Unsinn. Niemand wird einfach so ins offene Meer geweht. Jetzt kommt sie auch schon die Treppe herunter. Sie laufen schweigend nebeneinander her. Bis sie vor der schwarzen Eingangstür stehen. Maria klingelt. Die Klappe geht auf, ein Augenpaar mustert sie, die Tür wird geöffnet.
Maria lässt Bea den Vortritt: die Höhle des Löwen! Darf ich bitten?
Welcher Löwe?
Der, der seine Beute mit dir teilt.
Bea lächelt, dabei ist ihr zum Heulen. Sie hasst dunkle Bars, laute Musik, fremde Menschen. Aber sie geht mit ihr, wohin sie will. Sie verlässt sich auf sie.
Maria steuert auf einen der kleinen Tische zu, sie setzen sich.
Was trinkst du?
Das Gleiche wie du.

Bea fühlt sich beobachtet. Überall nimmt sie Augenpaare wahr, die sich auf ihren Körper heften, sie zieht die Jacke enger um die Schultern. Was macht sie bloß hier? Die Kellnerin bringt die Drinks. Geht auf die Rechnung von Tisch sieben. Sie macht eine Kopfbewegung nach links und dort sitzt Inés. Maria grinst, steht auf, geht zu ihr hin.
Bea verfolgt aus den Augenwinkeln, wie sie die junge Frau begrüßt, auf den Mund küsst, sich auf die Sessellehne setzt und lässig den Arm um sie legt.
Neu hier?
Bea erschrickt, sieht auf. Vor ihr steht eine Frau, die ihre Mutter sein könnte. Abgesehen von der Tatsache, dass ihre Mutter niemals im Leben eine mit Nieten besetzte Lederjacke tragen würde. So hat sie sich Lesben vorgestellt. Nicht so wie María. Sie will der Lederjacke keine Antwort geben, sie will nicht hier sein, sie will gar nichts sein. Deshalb schaut sie einfach weiter geradeaus.
Nicht so gesprächig, was? Die Lederjacke setzt sich ihr gegenüber, da, wo María sie vor ein paar Minuten verlassen hat. Ihr wird heiß, sie spürt, wie sich alles in ihr zusammenschnürt. Sie muss raus hier. Davonlaufen, sie wird einfach davonlaufen. Fort von diesem Ort, fort von dieser Frau, fort von María. Bea steht wortlos auf und geht mit großen Schritten auf den Ausgang zu. Da steht eine Gruppe junger Frauen. Sie lachen. Sie reden. Über sie. Sie muss an ihnen vorbei. Schaut nicht nach links, nicht nach rechts, bahnt sich einfach ihren Weg, spürt, wie ihre Arme, ihre Schultern fremde Arme und Schultern streifen, erwartet jeden Augenblick eine

Hand, die sie herumwirbelt, sie festhält, nicht gehen lässt. Aber es geschieht nichts. Dann steht sie vor der Türsteherin, die ihr zögernd Platz macht, die Tür öffnet. Schon kann sie die frische Luft spüren, stolpert ins Freie, beginnt zu rennen, rennt an der Kathedrale vorbei, läuft über die Straße, die Promenade entlang, die Holztreppe hinunter, bis sie vollkommen außer Atem ist, bis sie mit beiden Beinen im Wasser steht, die Wellen über ihre Schuhe schwappen und sie sich fallen lässt in den kühlen Sand, wo sie liegen bleibt und in den Himmel schaut. Dort hängt der Mond. Voll und rund und gelb, als wäre nichts geschehen.

Was ist los? Maria kniet sich neben sie und umfasst ihr Handgelenk, als wollte sie ihren Puls überprüfen.
Bea schüttelt den Sand aus den Haaren.
Nichts, ich konnte nur nicht mehr in der Höhle bleiben. Zu dunkel.
Ich habe dich überall gesucht. Ich dachte, es wäre etwas passiert.
Was denn?
Was weiß ich. Jedenfalls hättest du mir Bescheid geben können. Die Angst weicht leiser Wut.
Du warst zu beschäftigt und ich hatte keine Zeit zu warten.
Ich war nicht beschäftigt. Ich habe eine alte Bekannte getroffen, bei der ich mich für den Drink bedanken wollte, den sie uns spendiert hat.
In Ordnung: Du hast eine alte Bekannte getroffen und ich hatte keine Zeit zu warten, okay?

Bea ist ruhig, alles ist wieder gut. María sitzt hier bei ihr, über ihnen der Himmel, vor ihnen der Strand. Außer dem leisen Rauschen der Wellen nichts. Stille. Jetzt kann nichts mehr passieren.
Maria lässt sich erschöpft neben sie in den Sand fallen. Okay. Aber das nächste Mal streust du kleine Papierschnipsel beim Weglaufen, damit ich dich leichter finden kann.
Bei dem Wind musst du dich aber beeilen, dass du sie noch findest, bevor sie in alle Himmelsrichtungen verschwinden.
Bin ich zu langsam? Maria dreht sich zu ihr um, und für einen Augenblick will sie nichts anderes als diesen Blick, der sie fragend und angriffslustig in der Magengrube trifft.
Nein. Du bist genau richtig. Bea streicht ihr die Strähne aus der Stirn, die ihr ins Gesicht fällt. Ich bin diejenige, die nichts von Tempo versteht.
Und ich bin diejenige, die auf die Bremse tritt, damit ich nicht mit hundert Sachen aus der Kurve fliege, denkt Maria.
Lass uns ins Hotel gehen, sagt sie und steht auf.
Bea friert, sie liegt zu lange im nassen Sand, aber sie könnte stundenlang laufen, an Marías Seite, immer weiter, nur nicht anhalten, bloß nicht stehen bleiben. Hin und wieder in den Himmel schauen, vielleicht sieht sie eine Sternschnuppen.
Hast du schon viele Sternschnuppen gesehen?
Klar, und du?
Ich auch.

Pedro ist längst nicht mehr da, sie gehen durch den Hintereingang. Es ist das erste Mal, dass Bea in Begleitung ein Hotel betritt. Das Prinzip Doppelzimmer kommt in ihrem Leben nicht vor. Sie hat Angst. Vor einer fremden Zahnbürste. Vor dem Fehlen einer Schlafanzughose. Vor dem Ausgeliefertsein im Niemandsland zu zweit.
Maria holt einen Schlüssel aus der Rezeption, gibt ihn Bea.
Dein Zimmer ist auch im dritten Stock. Vom Balkon aus kannst du das Meer sehen und bei offenem Fenster kannst du es im Bett hören.
Du hast ein Zimmer für mich reserviert?
Ich hatte gehofft, du würdest bleiben.
Bea nimmt den Schlüssel und weiß nicht, was sie sagen soll. Sie ist erleichtert und enttäuscht zugleich.
Danke.
Sie gehen die Treppen nach oben.
Es ist hier. Ich wohne zwei Türen weiter.
Wie schön.
Was genau?
Dass du in der Nähe bist. Bea lächelt. Schlaf schön. Dann verschwindet sie hinter der geschlossenen Tür.
Maria steht im Flur und wartet. Auf eine Eingebung. Auf einen klaren Gedanken. Auf ein Gefühl, das ihr sagt, was sie jetzt tun soll. Aber in ihrem Kopf ist nichts als eine bleierne Masse, die jedes Denken lähmt. Alles in Ordnung. Alles ist richtig so. Es fühlt sich nur nicht so an.

Bea öffnet die Balkontür. Das Mondlicht fällt auf den verwilderten Garten unter ihr: Es ist ein verfallener

Minigolfplatz. Die Bahnen sind noch zu erkennen, entlang der zugewachsenen Wege kleine Laternen, die schon lange nicht mehr brennen. In Marías Zimmer ist es hell. Ich könnte über den Nachbarbalkon zu ihr hinüberklettern, denkt sie und ist erstaunt über ihre eigenen Gedanken. Und dann?
Sie lässt die Tür offen stehen, löscht das Licht, lässt den Mond herein. Geht ins Badezimmer. Kein Wort am Spiegel. Nur eine Zahnbürste, Zahnpasta und Handtücher. Sie putzt sich die Zähne, wäscht sich die Hände. Mehr nicht. Sie ist zu müde. Auf dem Bett liegt ein Bademantel. Darauf ein Zettel:
Ich hab nur den einen. Schlaf gut. M.
Bea lächelt, riecht daran, riecht María, zieht sich aus, hüllt den nackten Körper in den weichen Stoff, deckt sich zu. Allmählich wird ihr warm. Sie schließt die Augen, lauscht dem Meeresrauschen, das von fern ins Zimmer weht, lässt das Kopfkino laufen: María mit vom Rioja rot gefärbten Zähnen, Pedro an der Rezeption, der ihr zuzwinkert, als sie am Morgen nach ihr fragt, die Lederjacke, die ihr auf zwei Metern schon zu nahe kommt, die Enge in der Bar und die Weite am Strand, María, die fort ist, und María, die da ist und doch nicht. Die kommt und geht und kommt und geht und kommt und geht. Wie Schäfchen zählen, denkt sie und schläft ein.
Im Traum lieben sie sich leidenschaftlich, selbstverständlich, als hätten sie nie etwas anderes getan. Dann klingelt es und Bea bemerkt, dass sie in der Wohnung ihrer Mutter sind. Noch bevor sie die Wohnungstür öffnen kann, steht ihr Vater im Schlafzimmer. Sie

erklärt ihm, dass sie mit einer Freundin hier das Wochenende verbringt. Das gefällt ihm nicht und er lässt es sie spüren. María verfolgt die Unterhaltung vom Bett aus. Dann steht sie auf, streckt dem Vater die Hand hin, begrüßt ihn übertrieben freundlich. Als er nicht reagiert, zwinkert sie ihm kokett zu und Bea sieht eine andere Szene: María flirtet mit dem Zimmermädchen eines Hotels, um sich einen Schrubber zu leihen. Sie will dem Vater dadurch gefallen, dass sie die Wohnung putzt. Doch Bea reißt ihr den Schrubber aus den Händen und zerbricht ihn. Im selben Moment löst sich María in nichts auf und der Vater steht laut lachend vor ihr und sagt: Träume sind Schäume, meine Kleine.
Bea erwacht schweißgebadet und weiß nicht, wo sie ist. Bleibt ganz still liegen. Dann hört sie das Meer. Dreht sich um, sucht nach ihr. Sie ist nicht da. Sie ist allein. So, wie es ihr gefällt. Doch neben ihrem noch zitternden Körper liegt eine Sehnsucht, die sich an die Wärme einer Hand erinnert, die ihren Bauch im Schlaf berührt. Sie kann sich nicht länger belügen: Sie weiß jetzt, was Gefühle sind. Weiß sie das? Was weiß sie schon? Wie sich die Berührung auf der Haut fortsetzt ins Herz. Wie die Nähe einer Stimme ihre Hände beruhigt. Wie ein Kuss jeden vorstellbaren Gedanken auslöscht. Und noch etwas: dass dieses Glück, die Illusion der Zweisamkeit, vorübergeht. Noch ein paar Stunden anhält, vielleicht. Einen Tag oder zwei. Sich auflöst mit jedem Meter, den María zurücklegt, auf dem Weg in eine Welt, in der sie nicht vorkommt. Alles zwischen ihnen existiert nur, wenn sie zusammen sind. Am Tisch sitzen, spazieren gehen, herumliegen, im Bett, am Strand,

auf dem Sofa, bei Tag oder Nacht oder dazwischen. Alles hört auf, wenn María geht. Deshalb fasst sie einen Entschluss. Sie muss gehen. Jetzt. Zurückbleiben kann sie nicht. Auf den Abschied warten, will sie nicht. Muss den Weg zurückfinden, bevor es zu spät ist.
Sie steht auf, geht auf den Balkon. Marías Zimmer ist dunkel. Sie schläft. Die Sonne quält sich in Zeitlupe in diesen Tag, der von nun an eine dunkle Farbe hat. Bea zieht sich an, legt den Bademantel dorthin, wo sie ihn vorgefunden hat, und reißt aus Marías Zettel zwei Worte und die Abkürzung des Namens heraus, bevor sie ihn wieder daneben legt:
Ich hab nur den Schlaf.
Sie wird den Zug für die Pendler nehmen, die vor acht in der Stadt sein müssen. Bis dahin wird sie der Flut zusehen, wie sie Zentimeter für Zentimeter an Land gewinnt. Und dasselbe tun.

●○●

Was heißt das: Sie ist fort?
Der Schlüssel lag heute Morgen auf dem Tresen, darunter ein Geldschein. Viel zu viel, übrigens.
Maria nimmt zwei Stufen auf einmal, steht atemlos vor Beas Zimmertür. Klopft. Klopft noch einmal, lauter. Drückt die Klinke hinunter und steht vor dem Bett. Es sieht unberührt aus. Dann sieht sie den zerrissenen Zettel. Ihre eigene Schrift.
Ich hab nur den Schlaf.
Was meint sie mit Schlaf? Den Gedankenmarathon, der ihren Kopf die Nacht über wach hält, die stillgelegte Traumfabrik, die ihr verbietet, sich die Geliebte auf die nackte Haut zu denken, während sie sich heimlich davonschleicht? Den kleinen Tod, von dem nie sicher ist, ob er sich nicht klammheimlich in seinen großen Bruder verwandelt? Ist es ihr Wunsch, die Augen zu schließen und hinabzugleiten in eine Tiefe, die keine Schwere erlaubt? Ein Traum, der zerplatzt, sobald sie erwacht?
Maria setzt sich auf den Bettrand. So einfach ist das also. Sie sollte froh sein. Bea ist fort, nimmt ihr eine Entscheidung ab. Diese Szenerie ist nicht darauf angelegt, zum Telefonhörer zu greifen und ein Treffen vorzuschlagen, Blumen zu schicken oder Briefe zu schreiben. Dies ist die Einleitung zum letzten Akt, und alles, was das Stück jetzt noch von ihr verlangt, ist ein würdevoller Abgang. Ihr Herz ist tonnenschwer, ihr ist schlecht vor Sehnsucht, aber sie wird mitspielen. Sie versteht die Botschaft und sie lässt sich das nur einmal sagen: Der Film ist aus.

Sie nimmt den zusammengelegten Bademantel vom Bett, geht in ihr Zimmer, holt die Reisetasche aus dem Schrank und wirft alles hinein, was ihr gehört. Als Pedro in den Garten geht, um die letzten Blumen, die noch blühen, zu gießen, verlässt sie ungesehen das Hotel. Sie weiß, was sie zu tun hat: loslassen.

Bea steigt nicht im Zentrum aus, sie fährt weiter mit der Bahn durch die halbe Stadt, bis zur Endstation. Sie geht schnell, macht große Schritte, läuft bergauf. Raus aus dem Getümmel, weg von den Menschen, den belebten Straßen, hinauf, dorthin, wo nur noch vereinzelt Häuser stehen. Von hier sieht die Stadt aus wie ein bloßgelegter Körper, in dessen offenen Adern sich ohne Unterlass Leben und Tod vollzieht. Sie erinnert sich gut an die Schlagzeile: *29-jährige Polizistin von schwedischem Autofahrer getötet*. Daneben das Foto einer jungen Frau in Uniform, die in die Kamera lächelt.
Teresa. Sie gehen in die gleiche Schule. Töchter aus gutem Hause, beide. Bea kennt sie vom Sehen, sie begegnen einander nicht, wissen nichts voneinander. Bea hat keine Freunde. Sie bleibt mit ihrem aufgeklappten Block immer allein. Schreibt Gedichte, wenn die anderen tuscheln. Nach dem Abitur ist man eine Frau. Teresa wird also Polizistin. Aus ihr selbst wird nichts: keine wunderbare Freundin, keine attraktive Geliebte. Keine, die Weihnachten feiert, goldene Ringe trägt, Mitgliedsausweise besitzt und regelmäßig befördert wird. Sie wäre die Falsche gewesen, um eine angehende Schriftstellerin zu unterstützen. Von der sich María

bekochen lässt, bei der sie sich ausweint, an deren Schulter sie ausruht.
Teresa und María. Eine perfekte Liebesgeschichte. Überrollt von einem, der für einen Moment seines Lebens zum Tier wird. Und der die Bedingung dafür ist, dass sie weiß, wie Marías Küsse schmecken.
Wie bist du gerade auf mich gekommen?
Ich habe dein Foto in der Zeitung gesehen, neben der Rezension deines Romans.
Und?
Ich fand, dass du aussahst, als hätte man dich in den Hosenanzug hineingeprügelt, und ich wollte wissen, ob das stimmt.
Die Preisverleihung. Das Ganze ein einziges Missverständnis. Sie schickt das Manuskript ein, weil es das einzige ist, das sie jemals zu Ende geschrieben hat. Weil ihr Herz nicht daran hängt, weil sie die Geschichte zwischen der hysterischen Mittdreißigerin und dem ausgeflippten Frisör nicht wirklich interessiert. Ein Geburtstagsgeschenk für die kranke Schwester.
Du musst gesund werden, sonst kannst du meinen Roman nicht lesen.
Rebecca wird gesund und will den Roman lesen. Also macht sie aus der mittelmäßig witzigen Kurzgeschichte einen mittelmäßig amüsanten Roman, der im großstädtischen Trend liegt: eine Prise Midlife-Crisis, eine Prise Erotik, eine Prise Perversion, eine Prise weiblicher Selbstironie, die nicht zu tief unter die Oberfläche geht, und ein Happyend ohne Folgen. Eine Episode aus dem Leben einer katalanischen Durchschnittsakademikerin auf der Suche nach der großen Liebe.

Rebecca sagt: Der ist spitze, der Roman. Den musst du einschicken.
Eines Tages klingelt das Telefon. Sie können von Glück sagen, dass ich Sie ausfindig gemacht habe: Sie haben ja nicht einmal Ihre Adresse auf das Manuskript geschrieben! Einzig und allein meiner gründlichen Recherche haben Sie es zu verdanken, dass ich Sie nun noch rechtzeitig zur Preisverleihung erreicht habe.
Am liebsten will sie die ganze Sache gleich wieder vergessen, aber sie weiß, dass es so einfach nicht ist, einer Auszeichnung davonzulaufen. Sie würden es mit ihr oder ohne sie tun und dann ist sie schon lieber dabei. Erst später wird ihr klar, dass alle denken, sie sei wie der Roman. Dieser Gedanke ist ihr so zuwider, dass sie kurze Zeit überlegt, den Preis abzulehnen. Zu sagen: Meine Damen und Herren, das, was Sie hier prämieren, ist nicht mehr und nicht weniger als eine langweilige Fingerübung. Damit möchte ich nichts zu tun haben. Aber sie weiß, dies wäre ein Todesurteil für jede weitere literarische Veröffentlichung. Wenn sie jemals das verquere Zeug, das sie wirklich schreibt, gedruckt sehen will, dann muss sie diese Chance nutzen. Also zieht sie ihren besten Hosenanzug an und setzt sich im Rathaus in die erste Reihe auf den Stuhl, auf dem ein Schild mit ihrem Namen liegt.
Am Ende der Veranstaltung steht sie vor dem Mikrofon und sieht auf die Damen und Herren im Saal hinunter. Sie weiß, was sie sagen muss, sie hat sich diese Situation genau überlegt, und obwohl alles in ihr von hier fort will, kommt sie durch, schafft sie es, so zu tun, als wäre sie da. Doch noch bevor der Fotograf sich nähert und

sie mit dem Bürgermeister ablichtet, ist sie schon über alle Berge: Er fotografiert nichts als ihre Hülle.
Der Preis hat ihr die Veröffentlichung des Romans gebracht, aber sie hat keine Pesete damit verdient. Mit Literatur wird niemand reich, sagt ihr Verleger, den sie für ziemlich wohlhabend hält. Aber sie muss nicht mehr reich werden. Sie ist schon reich auf die Welt gekommen. Dabei braucht sie nicht viel. Nur genug, um sich Zeit zu leisten. Zeit, am Fenster zu sitzen und Gedanken aufzuschreiben, die sie erst versteht, wenn sie ihr zwischen den Zeilen unter die Augen kommen.
Es ist noch zu früh für die Touristen und sie ist fast die Einzige im Park. Sie setzt sich auf eine der mit bunten Mosaiksteinchen verzierten Bänke und blickt auf das steinerne Labyrinth unter ihr. Irgendwo da unten hat sie eine Wohnung. Eine Mutter, eine Schwester. Ein Auto. Sonst hat sie nichts. Wenn sie geht, wird es niemandem auffallen. Kein Mensch wird sie vermissen.

Ihr Zug fährt erst am Abend, Maria bringt ihr Gepäck ins Schließfach. Es ist ein strahlender Tag, sie wird ein bisschen herumlaufen, etwas essen, am Stadtrand Kaffee trinken, sich vorbereiten auf die lange Reise. Alles ist erledigt, sie kann sich treiben lassen. Sie hat es nicht eilig und sie hat nichts mehr zu tun. Nichts mehr in Barcelona und nichts mehr mit Barcelona. Es ist, als liefe sie im Vakuum, nicht einmal die Sonne kommt an sie heran. Sie tut so, als ob sie nicht wüsste, wohin ihre Beine sie tragen. Aber ihre Beine wissen es genau. Dann merkt es auch ihr Kopf.

Heute sind die Ampeln nicht ausgefallen und die Autos schieben sich unaufhörlich in zwei Richtungen aneinander vorbei, bis es rot wird. Dann bleiben sie stehen. Wenn es grün wird, fahren sie weiter, manchmal schon bei Gelb. Sie überquert die Fahrbahn auf dem Zebrastreifen und bleibt auf der Mittelinsel stehen. Hier irgendwo passiert es.

Wenn er vom Meer kommt, was anzunehmen ist, dann ist das letzte, was Teresa sieht, das Blau des Himmels. Wenn er von oben kommt, was unwahrscheinlich ist, dann blickt sie auf den Hügel, auf den Park mit den steinernen Bänken, von dem aus die Stadt auf den ersten Blick aussieht wie ein leicht durchschaubares Versteckspiel.

Maria breitet die Arme aus. Zwei Schritte weiter und sie steht auf der Fahrbahn, kann es ausprobieren. Ob der Zufall einen Autofahrer auf sie loslässt, der auf die Bremse tritt, oder einen, der sie zu spät sieht, oder einen, der sie genau im Visier hat, mit dem linken Scheibenwischer auf sie zielt und in Sekunden eine Leiche aus ihr macht. Oder eine, die nie wieder surfen kann. Sie stellt sich vor, Teresa liegt im Krankenhaus und kommt nach Monaten im Rollstuhl wieder heraus. Na und? Dann kauft sie sich eben auch einen. Mühelose Gerechtigkeit für beide. Es sind die kleinen Unterschiede, die ein Leben verändern: gehen, stehen bleiben, fahren, bremsen. Zehn Sekunden, zehn Millimeter.

Ich hatte Glück, sagt Bea. Meine Lymphe war nicht befallen. Keine Chemotherapie, keine weiteren Operationen. Es war nur die Brust, die wegmusste.

Nur die Brust. Nur eine Polizistin. Nur eine Touristin, die hier auf einer Verkehrsinsel steht und keinen Fuß vor den anderen setzen kann. Sie gibt sich einen Ruck. Geht bei Rot über den Fußgängerüberweg, biegt in eine Seitenstraße ein. Es ist theatralisch, aber sie muss es tun. Sonst wird sie es nicht los und es ist der letzte Rest, der in ihr steckt, ein leerer Raum voll altem Schrott. Niemand wohnt mehr darin, selbst die tote Teresa nicht. Nur die Beklemmung, das flatternde Herz und der bittere Geschmack von Flucht wehen in diesen imaginären Wänden, die längst eine andere Farbe haben. Sie muss nicht weit gehen.

Es ist das schönste Haus in ganz Barcelona, die schönste Wohnung im ganzen Haus, und du bekommst das schönste Zimmer in der ganzen Wohnung, sagt Teresa mit Bestimmtheit, und es ist wahr.

Maria schaut an dem Gebäude hoch und muss lächeln. Jemand gießt noch immer Teresas Blumen. Sie klingelt nicht um nachzuschauen, wer es ist. Sagt nicht: Hallo, ich bin María. Denn von nun an ist sie nicht mehr María. Nie wieder. Ein für allemal reißt sie den Akzent vom I und sich das gerollte R aus dem Herzen. Sie ist wieder nur Maria.

Unter der Woche ist der Schlafwagen von Barcelona nach Genf fast leer, sie teilt sich das Vierer-Abteil mit einer Therapeutin aus Bern, die von einem Kongress aus Valencia kommt. Es ist nicht nötig, die Kopfhörer herauszuholen, auch die Schweizerin ist nicht gesprächig.
Maria nimmt die obere Liege, die mit einer dünnen Matratze und einer gelb bezogenen Steppdecke ausgestattet ist. *Pau Casals* ist die teuerste Variante, mit dem Zug Frankreich zu durchqueren, aber diese Reise ist keine Frage des Geldes, sondern der Haltung: Es ist ein Zurück, für das sie keinen Vergleich hat, von dem sie nicht weiß, ob sie es will oder nicht, eine Rückfahrt, die sich anfühlt, als wäre sie in eine Zeitschleife gefallen. Deshalb kauft sie noch am Bahnhof eine Flasche Wein, von der sie jetzt das dritte Glas trinkt. Sie bietet der Therapeutin davon an, die dankend ablehnt, bevor sie in den Speisewagen geht.
Maria liegt mit angewinkelten Beinen unter der Decke des Abteils, hat sich zwei Kissen unter den Kopf geschoben, das Licht gelöscht und verfolgt mit den Augen die am Fenster vorbeifliegenden Lichter. Noch gleitet der Zug über spanische Schienen, die französische Grenze ist noch nicht erreicht. Sie könnte in Port Bou aussteigen, noch ein paar Tage am Strand bleiben, das kleine Hotel aufsuchen, in dem Walter Benjamin seine letzten Nächte verbringt, bevor er, auf der Flucht vor den Nazis, seinem Leben mit einer Überdosis Morphium ein Ende setzt.

In ihr ist alles still. Sie empfindet nichts bei dem Gedanken, dieses Land ohne Abschied zu verlassen, sie lässt es einfach hinter sich. Girona fliegt draußen vorbei, sie springt aus dem Bett, öffnet das Fenster, streckt ihren Kopf hinaus in den frischen Fahrtwind und dem Städtchen die Zunge heraus: Was sich liebt, das neckt sich, denkt sie und stellt dabei fest, dass sie bereits ziemlich betrunken ist. Bei Figueras leert sie den Rest der Flasche Rioja und stolpert auf die winzige Toilette am Ende des Gangs. Sie sieht in den Spiegel, ihre Zähne sind rot. Blut geleckt. Ausgespuckt. Sie torkelt zurück in das Abteil, in dem die Therapeutin gerade ihren Pyjama aus dem Koffer holt.

Gehen Sie auch schlafen?

Maria nickt und murmelt etwas, das sie selbst nicht versteht. Dann liegt sie auch schon auf der Liege und schläft ein.

Sie wacht davon auf, dass sie mit dem Kopf an die Decke stößt. Es ist dunkel und der Zug steht. Unter ihr schnarcht leise die Therapeutin. Sie legt sich wieder zurück, atmet aus, ihr ist zum Weinen. Dann erinnert sie sich an den Traum: Sie lebt in einem Haus, in dessen Dachgeschoss eine junge Frau namens Agnes von einem Psychopathen verfolgt wird, der Marias Nachbar ist. Agnes klingelt an ihrer Wohnungstür, steht nackt vor ihr und fleht um Hilfe. Maria stellt sich vor sie, nimmt sie wie ein Kind auf den Rücken. Huckepack, denkt sie im Traum, ist ein lustiges Wort. Dabei fällt ihre Wohnungstür zu, die sie mit einem kräftigen Ruck wieder öffnet. Der Psychopath im Hintergrund sagt: Auch nicht schön, wenn man seine Tür nicht abschließen kann. Es kommt zu einer Verfolgungsjagd, bei der Maria sich wieder und wieder vor Agnes stellt, um sie zu schützen und ihr die Flucht zu ermöglichen. Maria hat keine Angst vor ihm, aber sie fürchtet, dass sie ihn nicht aufhalten kann, denn er ist nicht aus Fleisch und Blut, sondern aus Gummi. Bevor sie auf ihn zustürzt, um ihn ein letztes Mal von Agnes abzulenken, die in einer Ecke kauert, denkt sie: Ich werde ihn nicht einmal verletzen können.

Bea steht auf und geht mit großen Schritten zur Tür. An der Schwelle dreht sie um und durchquert das Zimmer, bleibt vor dem Fenster stehen. Geht wieder zurück zur Tür, stellt sich in den Türrahmen. Lehnt sich an, wippt mit dem Oberkörper leicht vor und zurück. Hat die Hände in den Hosentaschen. Beugt sich kurz nach vorn, stößt sich ab vom Rahmen, setzt sich an den Computer und schreibt:

Ich bin nicht vorbereitet auf all das. Du löst etwas in mir aus, das ich nicht kenne. Du machst mich weich, verletzlich. Du machst mich weinen. Ich habe seit Jahren nicht mehr geträumt. Bin einfach in ein schwarzes Loch gefallen und am nächsten Morgen daraus aufgetaucht. Vorgestern habe ich im Traum einen riesigen Hummer gesehen, der aus den Dünen auf uns zukam. Wir beide saßen in einem Jeep, ich wollte weiter am Strand entlang. Du wolltest in die Dünen, hast mir ins Lenkrad gegriffen. Ich habe nachgegeben, aber ich wusste: Ich bringe uns dort niemals lebend durch.
Der Traum hat Recht. Ich kann nicht über mich hinausdenken. Immer wenn ich mit Menschen bin, bleibe

ich außen vor, bin nur mit einem kleinen Teil auf der Bühne. Der Rest von mir bleibt hinter den Kulissen und überwacht, was ich vorne tue, souffliert und kontrolliert das Manuskript. Mit Menschen sein, heißt für mich, mit einem Bein da draußen zu sein und mit dem anderen hinter der Bühne, an einem Ort, zu dem nur ich Zutritt habe. Du hast dich kein bisschen um das Verbotsschild geschert, das am Eingang hängt. Hast einfach den Vorhang aufgezogen und bist hereinspaziert. Dabei kann ich mich nicht erinnern, dich jemals eingeladen zu haben. Aber ich würde es jederzeit tun. Das erschreckt mich.

Menschen sind für mich andere Planeten. Ich komme eigentlich nicht auf die Idee, mit ihnen die Umlaufbahn zu teilen. Doch genau das tue ich mit dir: Seite an Seite. So dicht, dass mir jede Berührung wie eine Kollision vorkommt. Die ich will und die ich fürchte wie brennende Lava. Weil ich nicht weiß, wie Zusammen geht. Ich habe nie mit anderen gelebt, immer nur neben ihnen. Wie ein feiger Engel, der sich aus dem Staub macht, wenn er seine Flügel ablegen soll. Mein Himmel ist ein weitläufiger freier Raum, der von einem Minengebiet umgeben ist, meine Wolken sind vorgetäuschte Traumschlösser ohne Eingang. Ich bin nur eine Idee. Mein Universum dreht sich um eine andere Achse, allein mein Denken bestimmt, was ich tue und was ich lasse. Wenn ich dabei nicht das Privileg hätte, am Rande der Gesellschaft zu leben, weil ich finanziell unabhängig bin, wäre ich möglicherweise längst in einer psychiatrischen Anstalt und man würde versuchen, mir soziales Verhalten beizubringen. So aber interessiert

sich die Welt nicht für mich. Es sei denn, ich begehe den Fehler, einen mittelklassigen Roman zu schreiben, und vergesse, wohin er gehört: in die Schublade.
Du hast mich gefragt, warum ich drei Bademäntel habe, und ich habe dir geantwortet: für jede Gelegenheit einen. Ich hätte auch sagen können: Es kommt darauf an, mit welchem meiner sechs Beine ich aufstehe. Aber ich wollte dich nicht überfordern mit der Wahrheit. Ich hatte Angst, du würdest nicht verstehen, wie ich mich denke. Als eine, die ihre eigene Gesellschaft ist, ihre eigene Gemeinsamkeit, ihre eigene Welt. Die ich über alles liebe.
Als ich die Krebsdiagnose bekam, war der einzige Gedanke, den ich denken konnte: bloß nicht sterben. Leben, um jeden Preis. Im Krankenhaus habe ich eine Frau kennen gelernt, die sich aus dem Fenster stürzen wollte, weil sie, wie sie sagte, eine Brust verloren hat. Das fand ich eigenartig. Zu denken, man verliert eine Brust, wie man einen Schlüssel verliert. Aus Unachtsamkeit. Und ich habe überhaupt nicht verstanden, weswegen sie sterben wollte, wo sie doch gerade eine Chance bekommen hatte weiterzuleben. Ich schätze, das liegt daran, dass ich meinen Körper immer nur als mehr oder weniger zuverlässigen Schutzraum begriffen habe. Schon als Kind hat es mich erstaunt, dass Blut aus mir herauskam, wenn ich hingefallen war. Dass in mir ein Organismus schwelt und pocht und brodelt, der nur von einer dünnen Hülle zusammengehalten wird. Die einfach nach zwei Tagen und dem dritten Pflaster wieder zusammenwächst. Wie die Haut nach der Amputation. Es dauerte ein paar Wochen, dann

war aus der Wunde eine Narbe geworden. Es hört sich vielleicht merkwürdig an, aber ich habe der Heilung fasziniert zugesehen. Mein Körper, meine Oberfläche, veränderte sich vor meinen Augen und ich lebte einfach weiter. Mit den gleichen Gedanken, den gleichen Geschichten, den gleichen Fragen im Kopf. Damals im Krankenhaus habe ich ein paar Mal davon geträumt, wie es wäre, keine Brüste zu haben. Wie es sich anfühlt, oben ohne herumlaufen zu können, ohne angestarrt zu werden. Eine Frau zu sein und auszusehen wie ein Mann. Und vielleicht dadurch schon einer zu werden. Mich gefragt, was eine Frau eigentlich ausmacht. Ob ich vor der Operation weiblicher war als danach. Ob ich überhaupt jemals weiblich gewesen bin. Da habe ich bemerkt, dass ich mich niemals als Frau gedacht hatte. Ich war ich. Mit einem Namen, den meine Mutter mir gegeben hatte, weil sie kurz vor meiner Geburt in einer Frauenzeitung von einer französischen Psychologin gelesen hatte, die so hieß. Ich hätte ebenso gut Charles heißen können. Nach der Operation habe ich meinen Namen einfach geändert. Weil ich überlebt hatte. Ich fand, dass mir ein neuer Name zustand. Ich habe einfach den ersten genommen, den ich beim Aufwachen gehört habe: Bea. So hieß die Krankenschwester, die Nachtdienst hatte.

Mein Körper blieb weiterhin das Zuhause einer unberührbaren Seele. Mehr nicht. Das war gestern. Das ist vorbei. Jetzt fühle ich mich, als wäre mein Panzer aufgebrochen, und ich fürchte jeden Schmetterling, der sich auf mein Herz setzen könnte. Das ungeschützt und aufgeregt vor sich hin schlägt, sich nach dir sehnt. Seit ich weiß, wie du riechst, wie weich deine Lippen sind, wie sich deine Nähe anfühlt, hat mein Körper ein Eigenleben, das ich ihm nicht zugetraut hätte. Ich glaube, ich bin zum ersten Mal in meinem Leben verliebt. Aber ich kann es nicht aushalten. Die Möglichkeit genauso wenig wie die Unmöglichkeit. Ich will dich und ich will dich nicht. Deshalb kann ich hier, wo deine Spuren in jedem Winkel meiner Erinnerung versteckt sind, nicht bleiben. Muss vor dir, vor mir, vor meinem verwundeten Herzen davonlaufen. Aber ich will, dass du weißt: Du hast mich berührt.

Sie speichert das Dokument nicht, sie druckt es nur aus. Setzt mit schwarzer Tinte ihren Namen darunter. Steckt ihn in ein Kuvert, auf dessen Vorderseite sie die Adresse schreibt, die auf Marias Visitenkarte steht. Dann packt sie. Wahllos, schnell und unüberlegt. Alles, was sie wirklich braucht, ist ihre Sonnenbrille, einen Pyjama, einen Bademantel – eigentlich zwei, aber sie will sich nicht mit zu viel Gepäck belasten – und ihre Kreditkarten. Den Rest besorgt sie unterwegs. Ein letzter Blick aus dem Fenster in den Patio, ein letzter Blick von oben auf die Kreuzung, ein letzter Blick in den Spiegel. So einfach geht Abschied.

Genf umsteigen. Maria nickt der Therapeutin beim Aussteigen noch einmal zu, bevor sich ihre Wege trennen und sie sich auf eine der eisernen Bänke am Bahnsteig setzt. Sie hat eine halbe Stunde Aufenthalt, der Zug nach Berlin steht schon bereit. Luft schnappen, weiterfahren. Kilometer zwischen sich und das Gestern bringen, nur nicht stehen bleiben, keine Rast machen. Pausenlos bleiben. Sie friert, sie ist zurück im Herbst, der schon Winter ist. Sie ist falsch gekleidet, sie denkt nicht nach über Zeit oder Wetter. Trinkt sich nach jedem Erwachen in den Schlaf, schluckt gegen die Kopfschmerzen Aspirin. Sie kennt das. Sie weiß, es geht vorbei. Sie weiß nur noch nicht, wann. Ist sie verliebt, verletzt, verloren? Teresa, Barcelona, Bea? Sie gibt sich keine Antwort, schiebt die Fragen im Kopf weiter. Erkennen, berühren, loslassen. Meditationstraining erster Teil. Wenn ein Gedanke kommt, kommentarlos als das etikettieren, was er ist – nicht mehr und nicht weniger als ein Gedanke. Innerlich sagen: denken. Das Gedachte vorbeiwinken, wie Verkehrspolizisten die Autos, wenn die Ampel ausfällt.

Und wenn ein Gedanke sich nicht stoppen lässt?

Vorbeiwinken. Etikettieren: denken.

Denken. So verbringt sie Stunden. Driftet ab, bleibt unfreiwillig hängen an immer denselben Bildern, bemerkt es, hält den Film an, die Gedanken, die sich im Kreis drehen. Sie fräst sich hinein, in das Frage- und Antwort-Spiel der inneren Stimmen, sagt: denken. Und wieder von vorn. Auf diese Weise weiß sie, was sie beschäftigt, aber sie weiß nicht wirklich, warum.

Der ICE ist fast leer, sie sucht sich einen Platz mit Tisch. Arbeiten ist die beste Therapie gegen Tagtraum. Sie packt den Computer aus, schließt die Kopfhörer an das Diktiergerät an. Sie will die Interviews transkribieren, den Forschungsbericht skizzieren, einen Artikel für eine Literaturzeitschrift schreiben. Sie legt die kleinen Kassetten auf den Tisch und weiß, sie darf jetzt keinen Fehler machen. Irgendwo auf diesen Bändern ist Beas Stimme: nach der sie sich sehnt und die sie vergessen will. Doch auf den kleinen Plastikschächtelchen stehen keine Namen, weil sie grundsätzlich nichts beschriftet. Russisch Roulette. Sie schließt die Augen und nimmt die erste Kassette, die sie ertastet, legt sie ein und drückt auf *Play*. Sie hört ein Rauschen. Wartet eine Weile. Spult die Kassette nach vorne. Nichts. Sie ist leer. Was nicht sein kann. Sie dreht sie herum. Da erkennt sie die Stimme der Schriftstellerin mit dem neuen Herzen. Dann muss auf der anderen Seite Bea sein. Oder hat sie bei der Aufnahme einen Fehler gemacht? Die Pause-Taste gedrückt? Die Tasten vertauscht? Sie spult weiter. Und plötzlich hat sie es im Ohr. Das Gespräch, den Teil des Interviews, den sie nicht aufzeichnen sollte:

„Und was daran ist trivial?"

„Es passiert andauernd im wirklichen Leben, glaube ich. Deshalb interessiert es mich eigentlich nicht. Aber der Roman war für meine Schwester, und sie brauchte außer einer Hand voll Philosophie dringend ein Happyend."

„Und was schreibst du, wenn du nicht im Dienst der Familie stehst?"

„Geschichten, die nicht das so genannte Leben schreibt, sondern meine Fantasie. Besser gesagt: meine Hände am Computer. Das geht oft so schnell, dass die Buchstaben auf dem Monitor sind, noch bevor ich sie zu Sätzen zusammengebaut habe. Ich versuche hinter die Dinge zu schauen. Auch hinter die Worte. Verstehst du?"

„Ich glaube, ja. Ich schreibe auch so."
„Du schreibst auch?"
„Nicht mehr. Inzwischen habe ich den Weg hinter die Worte vergessen."
„Das geht nicht."
„Doch."
Sie sollte das Band ausstellen, schon klopft ihr Herz, zittern ihre Hände. Aber sie kann nicht. Hört, wie Bea vom Sofa aufsteht.
„Bleibst du zum Essen?"
Maria sieht sich stumm nicken. Sieht, wie sie im Salon herumsteht und ihren Blick schweifen lässt.
„Woher nimmst du die Zeit, all die Bücher zu lesen und die Musik zu hören?"
„Ich tue beides gleichzeitig und nicht oft genug."
Dann rauscht es. Lange. Maria schaut aus dem Fenster: Heidi lässt grüßen. Dann Beas Stimme.
„Heißt du wirklich María?"
„Ja."
„Auf dich, María!"
„Und du: Heißt du wirklich Bea?"
„Nein."
„Auf dich, Bea!"
Sie drückt die Stopptaste. Sie will nichts mehr davon hören. Denken. Die Wohnung, der Wintergarten. Denken. Sie dreht die Kassette um. Arbeiten. Transkribieren. Das Interview mit der Schriftstellerin auf der Dachterrasse. Den Rest: vergessen. Zurück auf Los.

„Barcelona übt großen Einfluss auf mich aus, weil ich hier lebe. Da die Stadt mich beeinflusst, beeinflusst sie natürlich auch, was ich schreibe. Es ist grundsätzlich so, dass die Städte, besonders die großen Städte, die Menschen prägen, die in ihnen leben. Auch wenn sie es gar nicht bemerken. Ebenso wenig wird ihnen bewusst, wie sehr sie die Stadt gestalten: Sie sind die Stadt."

„Männer und Frauen in gleichem Maße? Haben sie die gleiche Perspektive?"

„Als ich nach Barcelona kam, war die Stadt traurig: Sie stand unter der Diktatur Francos. Der Blick der Frauen war anders als heute. Es war ein Blick, der nach innen ging. Die Männer waren selbstsicherer, weil ihnen die Straße gehörte. Die Frauen lebten mehr drinnen als draußen, und wenn sie auf die Straße gingen, behielten sie den verinnerten Blick bei. Heutzutage ist das anders. Ich denke, das ist zum großen Teil der Verdienst der feministischen Bewegung, die in Europa große Wirkung zeigt. Auch wenn die jungen Frauen in der Universität heute sagen, Feminismus sei aus der Mode gekommen..."

„Zeigen sich die unterschiedlichen Blicke von Männern und Frauen in der Stadt auch in der Literatur?"

„Ich glaube, Männer und Frauen schreiben unterschiedlich. Männer gehen anders mit Gefühlen um als Frauen. Sie halten sich zurück. Sie wagen es nicht, ihren Gefühlen, ihren Leidenschaften Ausdruck zu verleihen. Wenn wir Frauen schreiben, zensieren wir uns gefühlsmäßig nicht so sehr, weil wir uns vielleicht in der Gesellschaft, in der wir leben, weniger dafür schämen müssen."

„Wenn Männer und Frauen unterschiedlich schreiben, lesen sie auch anders?"

„Seit dem achtzehnten Jahrhundert lesen Frauen mehr Romane als Männer, weil sie beim Lesen dem Lustprinzip folgen. Männer lesen in der Regel Bücher, von denen sie glauben, dass sie ihnen kurzfristig Profit bringen: Geschichtsbücher, Wissenschaftsbücher, Wirtschaftsbücher. Die Berufstätigen lesen Bücher zu ihren jeweiligen Professionen: Architekten, Ärzte, Anwälte lesen Fachliteratur. In den seltensten Fällen nehmen sie sich die Zeit, einfach so einen Roman zu lesen."

Maria drückt auf *Pause*. Solche Männer kennt sie nicht. Pedro liest nichts anderes als Liebesgeschichten: je kitschiger und unrealistischer, desto besser. Ihre Freunde lesen Comics, Bilderbücher und Sciencefiction, sie kennt keinen einzigen, der freiwillig ein Geschichtsbuch in die Hand nähme. Gefühle zeigen sie alle gern und das einzige Prinzip, das sie kennen, ist das der Lust. Aber vielleicht kennt sie keine richtigen Männer. Kennt überhaupt nur Menschen, die all die Dinge nicht tun, die alle tun, und die Dinge nicht haben, die alle wollen. Keinen Karrierejob, keine Kinder, keine Eigentumswohnung. Sie lernt solche Menschen nicht kennen: Frauen, die sich ihrer Gefühle nicht schämen, und Männer, die ihre Leidenschaften unterdrücken. Wenn sie überhaupt mit Menschen zu tun hat, dann ist davon auszugehen, dass sie entweder verrückt sind oder verletzt. Sich an den Rändern bewegen, mit leichter Schieflage an den Abgründen. Wie Bea. Die Romane schreibt, die sie nicht meint, und wegschließt, was sie zu sagen hat. Die ihr das verwundete Herz hinhält und vor der Berührung davonläuft.

Maria zurücklässt mit der Leere eines Gefühls, das sie zensiert, weil sie sich schämt. Für die Leichtigkeit, mit der sie sich weggegeben hat, für die Enttäuschung, dass sie ihr nicht genug war, für die Kränkung, nicht zu sein, was sie gerne wäre: geliebt. Normal, durchschnittlich, kleinbürgerlich. Mit Jahrestagen, Krankheiten und Familienanhang. Mit Garantie und ohne Rücksicht auf Verluste.
Maria legt das Aufnahmegerät zur Seite, schließt die Augen. Löschen. Sie wird alles über kurz oder lang aus dem Gedächtnis löschen.

●○●

Schon als sie die unscheinbare Grenze passiert, spürt sie, dass sie diesmal hier nicht richtig ist. Statt an der Kreuzung nach links in die Straße einzubiegen, die sich zu dem kleinen Bergdorf hinaufschlängelt, in dem sie die Menschen mit Namen kennt, stellt Bea das Auto auf einem Parkplatz des belebten Touristenortes ab, geht in ein Café und bestellt Tee. Rührt darin herum, bis der letzte Krümel Zucker aufgelöst ist. Sie fühlt sich, als wäre sie nach langer Seefahrt an Land gegangen, dabei ist sie nicht länger als ein paar Stunden unterwegs. Sie fährt ein schnelles Auto, langsame Autos machen sie nervös. Anfahren muss ohne Zögern geschehen, in kurzer Zeit beschleunigen ist unerlässlich für das Gefühl, die Geschwindigkeit selbst in der Hand zu haben. Sie genießt es, im Rückspiegel kleiner werden zu sehen, was sie hinter sich lässt, und sie liebt es, das so schnell wie möglich zu tun. Diesmal: eine Wohnung, die sich in ein Gefängnis der eigenen Gefühle verwandelt, eine Stadt, deren blauer Himmel ein paar Augen spiegelt, die ihr auf der Zunge brennen. Eine Sprache, die keine Worte hat, eine Flucht zu beschreiben, deren Grund sie nur ahnt und deren Ziel sie nicht kennt. Hier jedenfalls wird sie keine Ruhe finden, noch gehört jedes Wort, das sie hört, nur der einen Stimme, die sagt: Ich kann dir nicht versprechen, dass es dir nicht gefällt.

Bea dreht, lässt Andorra hinter sich. Ein Zurück gibt es nicht. Bleibt Frankreich. Das einzige Ausland, das sie in regelmäßigen Abständen besucht. Klassenfahrten

nach Perpignan, wo sich die Jungs Pornoheftchen kaufen und die Mädchen blauen Lidschatten. Wo man sich auf offener Straße küssen kann. Frankreich ist freier, heißt es, und sie versteht nicht, dass es eine Steigerung von frei geben kann. Während des Studiums dann ein Kongress in Lyon und später ihr fünfundzwanzigster Geburtstag.
Die Mutter sagt: Wünsch dir was, und Bea sagt: Paris. Ohne Begleitung.
Sie wohnt im teuersten Hotel, schläft am Tag und geht nachts spazieren. Lässt sich mit dem Taxi bis vor die Stadt fahren und wieder zurück. Bricht die Reise nach drei Tagen ab.
Ich habe es mir anders überlegt. Ich will ein Auto.
Dann begreift sie die Steigerung von frei. Wenn sie die Serpentinen hinaufjagt, gerade so schnell, dass sie nicht aus der Kurve fliegt. Bei offenem Fenster, dass ihr der Fahrtwind den Atem nimmt. Wenn sie auf der Autobahn alle anderen rechts liegen lässt, auf dem Weg zu einer Raststätte, an der sie anhält, schlechten Kaffee trinkt und für einen Moment so tut, als wartete da draußen einer der riesigen Sattelschlepper auf sie, den man nur fahren kann, wenn man karierte Hemden trägt und so viel zwischen den Beinen, dass man es nach dem Aufstehen vom Barhocker geraderücken muss. Doch sie ist kein postmoderner Cowboy und ihr Mittelklasse-Sportwagen verrät, was sie nicht ist: wichtig. Es gibt nichts, was sie tun müsste, keiner, der sie im Auto anruft und sagt:
Hey sweetie, leg noch ’n Zahn zu, der Boss will die Ladung noch vor acht downtown.

Nichts hängt von ihr ab, sie wird nicht gebraucht, sie kann tun und lassen, was sie will, sofern sie weiß, was das ist.

Hinter Perpignan fährt sie langsam an die Autobahnauffahrt und löst das Ticket bis Montpellier. Dann gibt sie Gas. Sie mag den Klang des Motors, wenn sie anfährt, aber noch lieber mag sie das gleichmäßige, satte Brummen, wenn sich die Tachonadel zwischen hundertvierzig und hundertfünfzig einpendelt. Ihre Lieblingsmusik: die Geräusche des dahinjagenden Wagens und die Gedanken in ihrem Inneren.

Es ist fast Abend und schon dunkel, auf der Autobahn ist viel Verkehr. Männer und Frauen, die von der Arbeit nach Hause fahren, von irgendeiner Arbeit, wo jemand *bis morgen* ruft und zu irgendeinem Zuhause, wo eine andere Stimme *hallo* sagt. Das weiß sie nur aus Filmen.

Eines Tages sagt die Mutter beim Essen: Euer Vater kommt nicht mehr nach Hause.

Dabei kommt er schon lange nicht mehr nach Hause und die Mutter bleibt nur über Nacht. Vor dem Frühstück, wenn die Mädchen noch schlafen, holt sie den Wagen aus der Garage und kommt erst wieder, wenn ihre Kinder schon im Bett liegen. Außer sonntags. Am Sonntag spielen sie Familie: Sie ziehen ihre feinsten Kleider an und gehen auf der Rambla spazieren. Die Mutter kauft ihnen Nüsse und sich selbst Blumen.

Guten Morgen, Frau Doktor! Wie geht es Ihnen, Frau Doktor? Na, die señoritas sind aber gewachsen!

Unter der Woche spielen Rebecca und sie in der großen Villa am Rande der Stadt Verstecken. Oder Rebecca spielt mit ihr und sperrt sie in den Keller. Oder verprügelt sie, bis sie vor ihr auf die Knie geht und um Gnade bettelt. Rebecca ist größer, älter und schlechter in der Schule.

Wenn du in der nächsten Mathearbeit wieder eine Eins schreibst, breche ich dir alle Knochen.

Sie schreibt lieber eine Drei. Aber Rebecca findet immer einen Grund zuzuschlagen. Sie ist wie der Vater. Und seit der Vater fort ist, ist sie noch schlimmer. Aber manchmal halten die Schwestern zusammen. Wenn das neue Kindermädchen kommt. Sie setzen Krebse, die sie in der Küche finden, in ihr Bikinihöschen, das im Garten auf der Leine hängt. Sie stehlen ihre Post aus dem Briefkasten und verbrennen sie im Ofen. Sie stellen einen Eimer Wasser auf die halb geöffnete Tür und schreien um Hilfe, damit sie die Tür aufstößt, um nach ihnen zu sehen. Keine hält es länger als vier Wochen bei ihnen aus. Wenn sie wieder alleine sind, muss sich die Kleine wieder in Acht nehmen. Die Schwester ist unberechenbar. Der Vater ist fort. Die Mutter richtet die Praxis in der Stadt ein.

Euer Vater behält die Klinik und das Haus. Wir ziehen in eine neue Wohnung in der Stadt.

Die Stadt: ein Lichtermeer bei Dunkelheit, eine unendliche Kästchenansammlung bei Tag. Kurz vor Weihnachten verlassen sie die Villa. Ein Möbeltransporter packt alles ein, was hineinpasst, den Rest lassen sie zurück. Auch Chico. Der Hund spürt, dass etwas nicht

in Ordnung ist. Er schaut sie mit großen Augen an, aber sie bringt es nicht fertig, ihn zu belügen.
Ich kann nichts tun, flüstert sie, und es ist wahr.
Die Wohnung liegt mitten im Zentrum. Vom Fenster aus kann man die Autos und die Leuchtreklamen sehen. Jede bekommt ein eigenes Zimmer: die Mutter, Rebecca und sie. Rebecca schlägt sie von nun an nicht mehr. Sie ignoriert die kleine Schwester. Gehört zu den Großen, die etwas verstehen von der Stadt. Deren Schritte auf dem Gehweg neben den befahrenen Straßen groß genug sind, um mit den sich an den Schaufenstern vorbeischiebenden Körpern mitzuhalten. Rebecca will ganz schnell wachsen, sie jedoch fürchtet sich davor: Je größer die Menschen sind, umso schneller müssen sie laufen. Nachts liegt sie wach und verfolgt atemlos die Schatten des sich bewegenden Lichts an der Decke. Sucht nach Worten für die Dinge, die sie nicht kennt. Davon gibt es viele. Das neue Leben nennt sie Losigkeit. Vaterlosigkeit. Mutterlosigkeit. Schwesterlosigkeit. Gartenlosigkeit. Chicolosigkeit. Sie ist gerade vierzehn und Rebecca geht mit einem Jungen aus.
Er ist langweilig, sagt Rebecca.
Und wieso gehst du mit ihm?
Weil ich noch keinen besseren in Aussicht habe.
Auch die Mutter ist auf der Suche nach Optimierung. Die meisten Männer bringen Schokolade mit, wenn sie zu Besuch kommen, sie zahlen süßen Tribut. Sie ist nur froh, wenn alle fort sind. Dann ist sie allein mit den Schatten, mit den Geräuschen von Meer und Brandung, die sie hinauf in ihr Zimmer träumt, und sich selbst an das Steuer des gefährlichsten Piratenschiffes

aller Weltmeere. Sieht sich durch die Straßen segeln, die Gestrandeten aus ihren Häusern an Bord holen, fremde Menschen vor den Fluten retten, die höher und höher steigen. Sie ankert vor der Klinik des Vaters: Die Patienten nimmt sie mit, für die Ärzte ist kein Platz. Sie kümmert sich nur um die Kranken und Schwachen. Deshalb müssen auch ihre Mutter und Rebecca zurückbleiben. Sie werden ohne sie zurechtkommen. Sie ist nicht mehr irgendein Mädchen aus Barcelona. Sie ist Robin aus Sherwood Forest.
Ein Hupen neben ihr, fast streift Bea die Leitplanke, reißt im letzten Augenblick das Lenkrad herum und schlingert zurück auf die Fahrbahn. Sie hat Glück. Sie ist todmüde. Muss schlafen. Hat Mühe, die Augen offen zu halten. An der nächsten Ausfahrt fährt sie ab. Hinter Narbonne kennt sie eine kleine Landherberge.

Der Zug kommt kurz vor Mitternacht an: Berlin, Bahnhof Zoo. Maria ist zu betrunken für die U-Bahn oder den Bus. Sie nimmt ein Taxi, macht keinen Hehl aus ihrem Zustand und lässt sich erschöpft auf den Rücksitz fallen, lehnt sich gegen die Tür. Ihr Kopf fährt Karussell, der schlechte Rotwein aus dem Speisewagen macht sich jetzt bemerkbar. Sie ist froh, als der Taxifahrer anhält und sie vor dem Haus aussteigt, in dem sie wohnt.
Jedes Mal, wenn sie nach einer Reise wiederkommt, fühlt sie sich fremd. Doch diesmal ist es nicht nur die Straße, es kommt ihr vor, als wäre eine wirkliche Veränderung vor sich gegangen. Sie stellt ihre Reisetasche ab, liest die Klingeln von oben nach unten: kein neuer

Name. Soweit sie sich erinnert. Die meisten Nachbarn kennt sie nicht. Maria tritt drei Schritte zurück, betrachtet das Haus von oben bis unten, dann sieht sie es: Der Blumenhändler ist fort. Dort, wo ein gekachelter Vorsprung für die Blumenvasen gemauert ist, ist ein schwarzes Loch. Der Käfig, aus dem sonst der große, bunt gefiederte Papagei mit traurigen Augen hervorschaut, steht offen und ist leer. Im Fenster hängt ein roter Streifen Papier mit der Aufschrift: zu vermieten. Daneben, deutlich kleiner und schwarz auf weiß: Achims Todesanzeige.

Schlagartig ist sie hellwach und nüchtern. Achim ist tot. Eine Woche bevor sie fährt, kommt er ins Krankenhaus und sie fragt ihn, wer sich um den Vogel kümmert. Meine Schwester, sagt er. Und es klingt, als wünschte er, es wäre gelogen. Maria schaut fassungslos durch die Scheibe. Formt die Hände zu einem Trichter und schaut durch das Dreieck, das sie für ihre Augen offen hält: Nichts ist von ihm übrig geblieben, er ist spurlos verschwunden. Weggeschluckt. Keine Blumen mehr im Vorbeigehen, kein wissendes Nicken, das er niemals zugäbe, weil er nicht wissen will, was Maria lange schon weiß: dass er nur so tut, als flirtete er mit seinen Kundinnen. Sie sieht genau, wie nervös er wird, kaum dass ein Mann den Laden betritt. Nur deshalb kauft sie bei ihm Blumen. Schlimme Sträuße mit Asparagus im Sommer und ab November mit Tannengrün. Sie ist seine Kundin, weil er schwul ist. Jetzt ist er nur noch tot. Maria muss sich anlehnen, ihr ist schwindelig. Der Einzige, zu dessen Namen sie ein Gesicht parat hat, löst sich gerade in nichts auf.

Ick lass mir nich verbrennen. Det Jeschäft solln ma die Würmer übanehm.
Dorthin ins Grab nimmt er sein Geheimnis mit. Sie ist die einzige im Haus, die es kennt, da ist sie sicher. Eine Lebenslüge. Falsche Klasse, falsche Generation, falscher Ort. Ein einsamer, alter Schwuler mitten im verarmten Berlin, wo man noch mit Kohle heizt, weil die Hausverwaltung sich einen Teufel schert um die paar Mark Miete, die das Haus bringt.
Irgendwie schafft sie die zwei Stockwerke nach oben in ihre Wohnung. Schließt die Tür hinter sich, lässt ihre Taschen fallen, geht ins Bad, in die Knie und übergibt sich. Kotzt sich die Seele aus dem Leib, bis sie Galle spuckt. Dann schleppt sie sich in den Flur zurück, zerrt ihren Schlafsack aus der Reisetasche und verkriecht sich darin. Sie zieht nicht einmal die Schuhe aus. Flüchtet in Schlaf.

Maria erwacht von der Türklingel. Zuerst weiß sie nicht, wo sie ist, dann kommt die Erinnerung: Berlin, Bea, Blumenhändler. Alles beginnt mit B. Wie *bullshit*, denkt sie und quält sich aus dem warmen Schlafsack in den eisigen Flur. Ihr Rücken schmerzt, ihr Kopf hämmert und sie spürt ein Ziehen im Unterleib. Sie öffnet die Tür. Draußen steht der Hausmeister.
Sie haben es sicher schon gehört. Der Arme. Die Beerdigung war letzten Dienstag. Wir haben vom Haus aus einen Kranz gespendet. Jeder hat 20 Mark gegeben.
Sie gibt ihm 20 Mark, damit er den Mund hält, und schlägt ihm die Tür vor der Nase zu. In der Wohnung ist es kälter als draußen. Sie hat keine Kohlen, sie will

nicht in den Keller, und sie will nicht so tun, als ob sie bliebe. Duscht heiß, eine Ewigkeit. Schrubbt sich die Haut, bis sie feuerrot ist, bis ihr die Tränen kommen. Am liebsten die ganze Hülle hier stehen lassen und unsichtbar werden. Körperlos, schwerelos sein. Nie wieder frieren, nie wieder begehren.
Sie zieht sich an, kocht Kaffee. Der Kühlschrank ist leer, im Gefrierfach findet sie eine Pizza, die schiebt sie in den Ofen. Das Nötigste: essen, trinken. Schreiben? Wie kommt sie auf schreiben? Da gibt es eine Geschichte in ihr, die will auf Papier. Sie kennt das Gefühl, aber sie weicht ihm aus. Zu lange her. Hinter die Worte schauen. Kann sie das noch? Alles in ihr sagt: den Computer anschalten und es versuchen. Dem toten Achim die letzte Ehre erweisen? Pathetisch. Erzählen, was er nicht geschafft hat? Wenn sie es nicht tut, tut es niemand. Und wenn schon.
Wenn du eine Geschichte im Kopf hast und du schreibst sie nicht, dann ist das wie eine Abtreibung, sagt Bea.
Und was ist daran so schlimm?
Nichts, wenn du es nicht mit Vorsatz tust.
Und wenn doch?
Dann ist es verantwortungslos. Dann pass gefälligst besser auf, dass sich die Figuren nicht ausgerechnet deinen Kopf aussuchen, um sich darin breit zu machen.
Ist sie verantwortlich? Für eine schemenhafte Idee, die sich in ihr regt, von der sie nicht weiß, wohin sie führt, von der sie nicht einmal weiß, ob sie überhaupt irgendwohin führt? Zu spät. Sie sieht sich an dem blinkenden Anrufbeantworter vorbeigehen und den Stecker ziehen.

Isst ein Stück Pizza im Stehen, wirft den Rest weg. Sie hat keinen Appetit. Den Kaffee füllt sie in die Thermoskanne, stellt sie mit einer Tasse auf den Schreibtisch. Kramt aus der Abstellkammer den Heizlüfter.
Zum Schreiben muss es warm sein.
Warum?
Weil nur wohltemperierte Worte unter die Haut gehen.
Und da willst du hin?
Immer.
Will sie dahin? Maria weiß es nicht.
Noch bevor sie den ersten Satz in die Tasten diktiert, ist sie in Gedanken bereits unterwegs: in den Hof, in den Blumenladen mit der braun-gelb gestreiften Markise, zu Achim, mit dem sie nichts verbindet als ein Gefühl, das irgendwo zwischen Leid und Leidenschaft pendelt.
Sie schreibt:

> Heinz spürt einen leichten Schwindel im Kopf und muss sich an der Wand festhalten. Die Berührung mit der vergilbten Tapete ist ihm unangenehm und er zieht die Hand schnell wieder fort, wischt sie am Oberschenkel ab. Er wird sich später umziehen.
> Es ist kalt im Erdgeschoss, es riecht nach feuchten Pflanzen, Moos und Blumen, nach dem Blumengeschäft im vorderen Teil der Wohnung, das es nicht mehr gibt. Das leere Schaufenster sieht von drinnen aus wie ein überbelichtetes Foto. Der schwere Duft nach Grün dringt noch immer bis in die hinteren Räume, obwohl alles fort ist: der Laden, der Papagei und die Pinnwand mit

den Postkarten, die er ihm aus London, Paris und zuletzt aus New York geschrieben hat. Im Müllcontainer vor der Tür liegen die Plastikblüten, die auf dem Regal verstaubt sind, weil sie ebenso aus der Mode gekommen waren wie die Familiensonntage, an denen man Blumensträuße zum Kaffee oder auf den Friedhof bringt. Die überschüssigen Packungen grüner, aufgeschäumter Plastikwürfel mit der Aufschrift *Moosy* werden sich die Kinder geholt haben, und auch die stumpfen Scheren, die kleinen Messer mit den hauchdünnen und krummen Klingen, die Bänder und Drähte in allen Stärken und Farben zum Zusammenbinden von Rosen, Tulpen, Nelken sind verschwunden.

Am Schaufenster, nach außen gut sichtbar, kleben zwei Zettel:

Zum Verkauf! Kühlschrank: 150,- DM, Waschmaschine: 250,- DM, Glastisch: 50,- DM, Stehlampe: 20,- DM.

Daneben hängt eine Kopie von Achims Todesanzeige:

Wir trauern um unseren lieben Bruder, Neffen, Cousin und Onkel Achim Werner, der nach kurzer, schwerer Krankheit im Alter von 69 Jahren verstorben ist.

Seit Achims Tod vor drei Wochen stehen die Wohnung und der Laden leer. Heinz täuscht Interesse an den zu vermietenden Räumen vor, damit er sich in aller Ruhe umsehen kann. Keiner verdächtigt ihn, keiner vermutet Neugier: Hier kennt man ihn nicht mehr, er hat sich verändert.

Wer will schon wissen, dass genau hier sein Leben begann? Der blaue, lange Kaschmirmantel steht ihm gut, nichts erinnert an den kleinen Jungen, der die Kohlen für den Winter aus dem Keller geholt hat für die Mutter, die es schon im September fröstelt, und dann auch für Achim, den Hänfling, der nach dem dritten Eimer schon schlapp machte und Prügel vom Vater bekam, wenn er nicht schnell genug war.
Heinz steckt den Schlüsselbund, an dem eine kleine rote Plastikfigur hängt, in die Manteltasche und reibt die kalten Hände aneinander. Er steht in dem engen, langen Flur, an dessen Ende ein von außen vergittertes Fenster auf- und zuklappt. Er geht hin und schließt es. Außer den kleinen Wölkchen, die er mit jedem Atemzug in die Luft bläst, steckt kein Leben in diesen vier Wänden. Umso mehr spielt sich vor seinem inneren Auge ab. Die Bilder in seinem Kopf rasen vorbei, als hätten sie gerade auf diesen Moment gewartet, als säßen sie schon Jahrzehnte in den Startlöchern, um in diesem Augenblick aus ihm herauszubrechen wie ein glühender Lavastrom, der ihm auf der Seele brennt: Achim, wie er weinend in den Hof gelaufen kommt, weil die Bande von gegenüber sein Kaninchen gegrillt hat. Achim einen Tag vor seinem zwanzigsten Geburtstag, der mit hängenden Schultern im Hof steht und nicht begreifen will, dass seine Mutter mit verdrehten Armen und Beinen in einer Blutlache vor der Haustür des zweiten Hinterhauses liegt.

Und dann: mit Achim auf dem Motorrad nach Buckow, weit hinter der aufgeteilten Stadt. Schlechter Wein von den Franzosen, Zigaretten von den Amerikanern und Achim, der nicht lacht, als Heinz sagt: *Jetzt fehlen uns nur noch die Bräute, was?* Der stattdessen seine Hand nimmt, ihn nicht aus den Augen lässt, seine Finger an die feuchten Lippen führt und einen nach dem andern küsst. Der blaue Himmel über ihm, als Achim sich zitternd im hohen Gras auf seinen bebenden Körper rollt, sein stockender Atem, das klopfende Herz, das er durch die Lederjacke hindurch auf dem Brustkorb spürt, und dieser Kuss, der ihn mehr als alles andere erschüttert, den er nicht vergessen kann, vor dem er fliehen muss, kurze Zeit später, in eine andere Stadt, ein anderes Land, ein anderes Leben.
Jetzt ist er wieder da, in seiner Straße, seinem Haus gleich um die Ecke vom Park, in dem das Freilichtkino war, und es ist ihm, als hätte sich die Welt einmal um die eigene Achse gedreht, ihn der Jugend beraubt und angewidert ausgespuckt an den Anfang vom Ende. Er atmet noch einmal tief den Duft nach Gras und Heu und Sonne ein, der sich tief in seinem Inneren verströmt, bevor er den Kragen hochstellt und Achim hinter sich lässt: Es hat angefangen zu schneien und die dicken Flocken setzen sich auf die kahlen Äste der Kastanie im Hof, deren Stamm kleine Jungs nicht mehr umfassen könnten.

Maria lehnt sich zurück. Der letzte Schluck Kaffee ist kalt und der Heizlüfter sorgt nur dafür, dass ihre Beine nicht starr werden. Sie zittert am ganzen Körper, ihre Finger sind steif und schmerzen, sie ist vollkommen erschöpft. Mehr kann sie für heute nicht. Sie weiß nicht, wie lange sie Heinz schon mit sich herumträgt, vielleicht seit sie damals die Postkarten in Achims Laden gesehen hat. Sie spürt auch, dass Heinz nicht der Einzige ist, der aus ihr heraus will. Vorerst jedoch schließt sie das Ventil sorgsam, an dessen Ende schon eine neue Figur wartet. Sie heißt Katharina und ist so alt wie Achim. Sowenig wie Heinz hat Maria sie jemals gesehen, aber in ihrer Fantasie wohnt sie ihr gegenüber im Hinterhaus und steht am Fenster. Katharina. Kommt ungefragt auf die Bühne und spielt mit. Der Kopf ein einziges Theater und hinter dem geschlossenen Vorhang ein Gerangel um die besten Rollen. Maria kopiert die Datei auf eine Diskette und schaltet den Computer ab. Sie wird ihre Mailbox nicht abrufen, sie ist nicht zu Hause. Stattdessen leert sie ihre Reisetasche und füllt sie mit Sachen, die sie aus dem Schrank holt: eine Strickjacke, einen Winterpulli, ein paar Jeans, dicke Socken. Schüttelt ihren Schlafsack aus, rollt ihn zusammen und packt ihn dazu. Dann schleicht sie sich aus ihrer eigenen Wohnung wie eine Diebin.

•○•

Fleury, 03.11.2001

Glaub nicht, dass du diese Zeilen jemals erhalten wirst. Ich schreibe sie nicht für dich, ich schreibe sie, damit ich nicht verrückt werde. Es ist ein Trick: Dir werde ich mehr erzählen als mir selbst. Ich frage mich, wo du wohl bist. Zurück in deinem kalten Land im Norden, das ich nur aus Erzählungen kenne? Irgendwo in Barcelona, auf der Suche nach mir? Nein, du suchst mich nicht. Und wenn doch, dann findest du mich nicht. Ich bin nicht mehr in der Stadt, von der du wissen wolltest, ob sie mein Schreiben beeinflusst. Ich bin in einer kleinen Herberge etwa hundert Kilometer hinter der französischen Grenze.

Eigentlich wollte ich nur eine Nacht bleiben, aber jetzt bin ich schon zwei Tage hier. Morgens kocht man mir starken schwarzen Kaffee und legt mir ein Stück Brot und eine halbe Salami daneben. Ich esse aus Höflichkeit ein wenig davon, aber es kommt mir so vor, als hätte ich so viel Nahrung nicht verdient. Mir ist nach Kasteiung, aber ich weiß nicht, wie das geht. Das, was ich am meisten begehre, habe ich mir bereits entzogen: dich.

Warum ich das getan habe? Aus Angst, mich an dich zu gewöhnen. Aus Furcht, nicht zu wissen, wohin mit mir, wenn du gehst. Aus Angst, dir zu folgen. Nun folge ich mir selbst und schlage seltsame Wege ein. In der Nacht laufe ich in dem kleinen Wald vor dem Haus herum, auf der Suche nach der Eule, die bei Ausbruch der Nacht zu

schreien beginnt. Als fürchtete sie die Dunkelheit. Ich fürchte die Dunkelheit nicht. Aber ich finde sie nicht, die Eule. Weder komme ich ihr näher noch entferne ich mich von ihrem Geschrei. Als ob sie auf mir säße, als ob ich es selbst wäre. Wird man so verrückt?
Als du mich wegen des Interviews angerufen hast, da habe ich mit allem gerechnet, aber nicht mit der Möglichkeit mich zu verlieben. Nicht, weil du eine Frau bist. Darüber habe ich niemals wirklich nachgedacht. Allein die Vorstellung, die Nähe zu einem anderen Menschen zu suchen, reicht aus, mich sofort zurückzuziehen. Doch dazu hast du mir keine Sekunde Zeit gelassen. Du bist so vehement in mein Leben getreten, dass ich vergaß, die Tür rechtzeitig zu schließen, dir den Eintritt in mein Ich zu verwehren. Ich stand dir gegenüber und schon waren dein Lachen, deine fragenden Augen in mich eingedrungen. Ich hatte keine Chance, dich von mir wegzuhalten. Ist das nicht komisch? Es klingt, als ob wir uns seit Monaten kennen. Dabei haben wir nicht einmal eine Woche miteinander verbracht.
Morgen bin ich genauso lange von Barcelona fort, wie wir zusammen gewesen sind. Und es kommt mir so vor, als hätte es kein Davor gegeben. Ich kann mich nicht erinnern, was gewesen ist. Wie habe ich meine Tage, meine Nächte verbracht? Worüber habe ich geschrieben? Über Wunden und Narben und Schmerzen. Über die Farbe der Sandkörner am Strand. Über das poröse Gestein der Mauer in meinem Innenhof und über die blecherne Stimme meiner Nachbarin, wenn sie ihre blassen Kinder zum Essen ruft. Über dich, ich habe immer schon über dich geschrieben. In

Fragmenten. In Stückwerken, gewebt aus fragilen Augenblicken, denen ich selbst nicht traue. Das meiste, was ich in meinem Leben geschrieben habe, sind unfertige Manuskripte, angedachte Handlungen, endlose Beschreibungen. Zusammenhängende Geschichten interessieren mich nicht, weil mich die Leichtigkeit ihrer Logik langweilt. Ich kann Stunden damit zubringen, einen Regentropfen in seinem Wesen zu erzählen, aber ich möchte ihm keine Liebesgeschichte andichten, um ihn zu erklären.

Verstehst du? Ich kann nicht begreifen, was im Leben zusammengehört. Mein Zimmer hier ist klein und spartanisch eingerichtet: ein Bett, ein Schrank, ein Nachttisch. Der Boden ist grau-weiß gekachelt. Ich mag das Zimmer, aber ich kann dir nicht erklären, warum. Ich weiß nicht, ob es daran liegt, dass die Möbel blau lackiert sind oder der weiße Vorhang vor dem Fenster aus einem Stoff ist, der sich an jeden Luftzug schmiegt. Genauso wenig weiß ich, was mir an dir gefällt. Ich kann dich auseinandernehmen, dich mit Worten sezieren, jedes Detail deines Gesichts, deines Körpers beschreiben. Ich kann versuchen, Worte zu finden für die Art, wie du rauchst, wie du eine Tasse Kaffee am Morgen in den Händen hältst und wie ein Glas Wein am Abend. Aber ich kann nicht erfassen, was du bist, wer du bist und was du mit mir machst.

In meinem Roman habe ich versucht zu verstehen, wie Menschen auf die Idee kommen, zusammenzugehören. Offenbar habe ich das Bild verständlich zusammengepuzzelt. Gefühlt habe ich nichts dabei. Gefühlt habe ich zum ersten Mal etwas mit dir. Lange vor dem

Moment, als ich hoffte, du würdest mich in dein Hotelzimmer mitnehmen. Schon als du dich nicht auf das Sofa setzen wolltest, dir den unbequemsten Stuhl ausgesucht hast, um auf mich zu warten, habe ich die Lust verspürt, die ganze Couchgarnitur aus dem Fenster zu werfen, nur damit es dir bei mir gefällt. Damit du bleibst. Und am Ende habe ich mich selbst hinausgeworfen.

Maria lässt sich nicht vom Bahnhof abholen, obwohl sie weiß, dass ein Anruf genügt. Ein- oder zweimal im Jahr nimmt sie die Regionalbahn und fährt hinaus. Läuft das letzte Stück zu Fuß, zwei Kilometer Landstraße, bis sie schließlich auf die Pappelallee gelangt, die zu dem Haus am See führt. Hierher kommt sie, wenn sie nicht weiß, wohin sie soll, weil sie weiß, dass die Großmutter nichts fragt, außer: Was willst du essen?
Sie bleibt Wochen, spricht kaum, schläft wenig, weint nicht. Kauft morgens in dem winzigen Laden im Dorf ein, repariert den Hühnerstall, hackt Holz, tapeziert die Küche. Kauft der Großmutter in der nahe gelegenen Stadt eine Herren-Jeans, weil die Großmutter einen Kopf größer ist als sie, und einen Gürtel dazu, weil sie so schmächtig ist. Lacht, weil die Großmutter sich freut, drückt ihr einen Kuss auf die Backe, fällt ihr um den Hals, spürt die alten Knochen unter der faltigen Haut: Nicht du auch noch, denkt sie.
Maria spaziert um den winzigen See des ehemaligen Gutshauses, das jetzt ein Hotel ist. Wellness für gestresste Städter im Pauschalangebot. Sie fällt hier nicht auf, trinkt im Wintergarten den ein oder anderen

Kaffee, kann die Großmutter nicht überreden mitzukommen.
Keinen Fuß setze ich dort hinein. Das ist für die Reichen.
Maria sitzt auf den steinernen Stufen der kleinen Treppe, die ins Haus führt, und schaut zu, wie die Sonne rot glühend hinter den kahlen Bäumen untergeht. Alles hier erinnert sie an Kindersommer: Die Traktoren auf den weiten Feldern, die sanft über kleine Hügel rollen, die Schäferhunde, die bellen und trotzdem beißen, wenn man ihnen zu nahe kommt, der Geruch von Heu und Sonne und Wind. Selbst jetzt, am Ende eines kühlen Herbstes, scheint sich der Sommer nur hinter den Wolken zu verstecken.
Genau hier will sie die Geschichte für Achim zu Ende schreiben. Genau hier, vor diesem kleinen Haus, auf dieser Handvoll Erde, die sie liebt, stellt sie sich beim Blick auf den weiten Himmel den engen Hinterhof vor, in den Katharina schaut:

> Sie erkennt ihn auf den ersten Blick, wie er da im Hof steht, die Hände in den Taschen des eleganten Mantels, unschlüssig, ob er gehen oder bleiben soll. Sie zweifelt keinen Moment daran, dass er es ist, sie weiß, dass er wegen Achim den weiten Weg auf sich genommen hat. Sie schließt das Fenster leise, damit er es nicht hört und sich womöglich umdreht und nach oben schaut, in den dritten Stock, wo sie jetzt wie eine Spionin hinter der Gardine steht. Ihr Herz klopft laut und sie stellt sich vor, dass er seinem Körper

einen entschlossenen Ruck geben und das Treppenhaus betreten würde, eilig zwei Stufen auf einmal nähme, um schließlich an jener Wohnungstür zu klingeln, hinter der sie sich seit mehr als einem halben Jahrhundert verschanzt. Aber er wird nichts dergleichen tun, da ist sie sicher, und nur deshalb kann sie einfach dastehen und ihn beobachten.

Er wird wieder aus dem Hinterhof verschwinden wie eine Fata Morgana. Was das ist, weiß sie aus einer der Fernsehsendungen, die tagein, tagaus über ihren zuckenden Bildschirm flimmern: dass Menschen, die in der Wüste herumirren, Dinge sehen, die nicht da sind. Zum Beispiel Wasser, Bäume oder, das hat der Mann im Fernsehen gesagt, einen Imbissstand. Dinge, die so echt aussehen, dass man glaubt, sie anfassen zu können, und dann – plopp – zerspringt die Seifenblase: Alles nur ein Traum. Sie findet das komisch. Sie glaubt nicht, dass sie in der Wüste an Würstchen denken würde.

Er sieht noch immer jugendlich aus, trotz der grauen Haare. Nicht so wie Achim, am Ende ein alter, gebrochener Mann, heruntergekommen, verlassen und allein. Sie hat sich nie gehen lassen, sie achtet auf sich. Niemand soll sagen können, sie sei eine Schlampe. Sie putzt samstags ihre Wohnung, sie wäscht sich jeden Morgen und kämmt sich, sooft sie am Garderobenspiegel vorbeikommt. Sie fällt niemandem zur Last, sie teilt sich ihre spärliche Rente ein, sie gießt ihre

Blumen und das Grab ihrer Eltern. Sie braucht keinen Zugehjungen.
Heinz schließt jetzt die Tür zu Achims Wohnung ab. Sie spürt den Stich im Herzen, den scharfen, leisen Schmerz, den sie so gut kennt, der sie immer begleitet, wenn sie an die beiden denkt: Heinz und Achim auf dem Motorrad vor dem Haus, während sie den Gehweg auf und ab humpelt. Die Jungs von gegenüber werfen mit kleinen Steinen nach ihr, und sie wankt aufrecht an ihnen vorbei, als spürte sie den Aufprall der Kiesel auf dem Körper nicht. Achim und Heinz, unzertrennlich, laut lachend, der eine hat den Arm über die Schultern des anderen gelegt, zwei Freunde, die durch dick und dünn gehen, die füreinander Pferde stehlen und über die man nicht ohne Respekt spricht. Man sieht sie im Hof, hört ihre Schritte im Treppenhaus, spürt ihren unbändigen Drang, die Welt zu entdecken. Bemerkt das Funkeln in ihren Augen. Kommt ihm vielleicht nie näher als damals, an jenem Sonntag im April.
Da ruft Heinz nach ihr. Zuerst weiß sie nicht, woher die Stimme kommt, dann sieht sie die geöffnete Kellertür. Geht hin, nimmt beide Krücken in eine Hand, mit der anderen hält sie sich an der Wand fest, steigt langsam Stufe um Stufe nach unten. Auf dem letzten Absatz bleibt sie stehen, nimmt ihre Krücken unter die Arme und wartet.
Hallo?

Es ist finster und ihre Augen müssen sich erst an die Dunkelheit gewöhnen. Plötzlich packt sie eine Hand, die aus dem Nichts schießt, und reißt sie fort. Bevor sie das Gleichgewicht verliert, umfassen sie zwei Arme von hinten und ein grelles Licht blendet sie. Schemenhaft erkennt sie Heinz und weiß, dass sie in die Falle gegangen ist. Sie strampelt, aber Achim hat sie fest im Griff.

Heinz kommt auf sie zu und ohne ein Wort fasst er ihr an die Brust. Zuerst vorsichtig, dann zerrt er an ihrer Bluse und sie spürt seine kalten Hände auf der Haut. Er sagt ihr, sie soll ganz still sein und sich nicht wehren, aber sie hat sich nie gewehrt und tut es auch diesmal nicht. Er nimmt ihre Hand und schiebt sie in seinen geöffneten Hosenschlitz, während Achim von hinten ihren Rock hochhebt und sich an ihr reibt. Heinz sieht sie nicht an, er spielt nicht mit ihr, das sind Jungensspiele, sie ist nicht wichtig. Sie schließt die Augen, denkt an den Garten hinter dem Haus, wo jetzt die Krokusse blühen, fühlt, wie sie ihr den Rock herunterreißen und die Beine auseinander drücken. Sie denkt sich fort aus dem Keller, hinaus in den Hof, breitet ihre Flügel aus und will hinauf in die weiten Äste der Kastanie, doch etwas hält sie noch am Boden, etwas, das sie ihr jetzt zwischen die Beine rammen, das sie von unten nach oben spaltet, ihr Inneres aufreißt, aber sie, sie denkt sich weiter fort, lässt ihren Körper im Keller zurück und schwingt sich hoch hinauf,

bis in die Baumkrone und weiter, weiter noch als der Himmel.
Als sie fertig sind, lässt Achim sie einfach fallen.
Die Krücken stellen sie ihr an die Wand.
Kein Wort. Zu niemandem. Sonst bist du tot.
Dann rennen sie los, jagen die Kellertreppe hinauf und verschwinden ins Freie.
Katharina fasst sich mit der linken Hand zwischen die Beine. Es ist alles noch da. So wirklich und unmöglich wie Heinz da unten vor der Kellertür.

Fleury, 05.11.2001

Ich muss weiter. Die Eule hat heute Nacht nicht geschrien und ich habe nicht von dir geträumt. Der Gedanke, dich zu vergessen, macht mich krank.
Volltanken, weiterfahren. Den Körper bewegen. Ihn durchlässig machen für Gedanken, Zeit, Distanz. Deine Hände haben tiefere Spuren auf mir hinterlassen, als jedes Skalpell es vermag. Als Kind wollte ich nie meine Bücher verleihen, weil ich fürchtete, andere könnten die Buchstaben weglesen. So ist das: Du hast den Text auf meiner Haut fortgewischt, jetzt ist da nichts mehr außer sprachloses Fleisch. Selbst den Schmerz hast du mitgenommen – das Ziehen, das ich seit Tagen in der Brust verspüre, ist nur eine vage Erinnerung an eine andere Zeit, es erreicht mich nicht mehr wirklich.
Was tust du mit mir, da, wo du bist? Legst du mich ab, wie ein Reisesouvenir, das verblasst, wenn es unter fremder Sonne glänzen soll? Stellst du mich zu all den anderen Andenken und verwehrst mir den Zutritt in dein Leben oder trägst du mich mit dir herum, wie ich dich mit mir herumtrage: schweren Herzens und orientierungslos? Spießrutenlaufen im Kopf: Wenn der Gedanke an dich um die Ecke kommt, bin ich längst da, um ihn so überschwänglich zu begrüßen, dass ich ihn dabei erschlage. Ich denke dich und ich denke dich nicht. Ich laufe im Kreis, weil es die einzige Möglichkeit ist, vor dir davonzulaufen. Und wünschte, du

stelltest mir ein Bein. Ich fiele und landete in deinen Armen. Zufällig, und du hieltest mich fest.
Halt mich fest. Darum habe ich noch nie einen Menschen gebeten. Die Männer, die mit mir geschlafen haben, mussten es schnell tun, weil ich schon nach der ersten Berührung auf der Flucht war. Kurz und schmerzlos waren die Begegnungen mit diesen seltsamen nackten Körpern, zielgerichtet und kontrolliert: In weniger als fünfzehn Minuten zum Höhepunkt, wie wenn man im Regen auf den Bus wartet. Dann bist du froh, wenn er überhaupt kommt. Auch wenn du stehen musst, weil er überfüllt ist. Ich betrachte mich durch die beschlagene Scheibe: Ich werde immer kleiner.
Der Bus ist ohne mich abgefahren. Ich bin nicht eingestiegen. Habe den Platz neben dir ausgeschlagen. Kennst du diese Kinderspiele? Deine Freundin, die, von der du zumindest denkst, sie sei eine Freundin, hält dir vor den Augen aller einen Platz frei, sagt: setz dich, und im letzten Moment, als du dich gerade neben sie setzen willst, rückt sie auf die leere Stelle und sagt: besetzt! Davor hatte ich Angst. Davor habe ich Angst. Dass es nicht wirklich einen Platz neben dir gibt. Nicht einmal neben deinem Schatten.
Ich glaubte, nichts vermissen zu können, weil ich nichts wüsste. Das ist nicht wahr. Ich ahne. Berührungen, die ich niemals gespürt habe, Küsse, die sich von deinen Lippen zu mir aufmachen, Augenblicke, die Sekunden spalten. Ich träume. Von deinen Händen in den Haaren, von deinem Mund an meinem Ohr, so dicht, dass dein Atemzug klingt wie ein Erdbeben. Ich will, dass du mit deinem ganzen Körper in mich eindringst, in mir

bleibst, eine ganze Nacht und einen ganzen Tag lang, auf mir einschläfst, auf mir erwachst, ich will dir Erde sein, Umarmung, Schlaf. Alles sein, nur das eine nicht: Illusion.
Dir nur Idee zu sein, ertrage ich nicht. Mir wieder nur Idee zu sein, muss ich erst wieder lernen. Deshalb muss ich weiter. Das Licht in diesem Zimmer wird fahl und die Kontur deines Gesichts undeutlich. Ans Meer. Ich will, dass sich meine Sehnsucht nach dir in den Wellen bricht, will dich mitnehmen an endlose Strände, meine Hände auf der Suche nach dir im Sand vergraben und mich kopfüber in das kalte Wasser stürzen, dass mir der Atem stockt. Die Leere neben mir im Wind zerstreuen und warten auf ein Wunder. Von dem ich schon jetzt weiß, es wird nicht kommen: Zum ersten Mal in meinem Leben fühle ich mich amputiert.

Der Geruch von frisch aufgegossenem Kaffee dringt bis zu ihrem Bett. Es ist noch dunkel, die Großmutter steht früh auf.
Je näher der Tod kommt, umso weniger Schlaf braucht der Mensch, sagt sie.
Maria geht hinunter in die Küche, setzt sich an den gedeckten Tisch. Dort stehen, seit sie denken kann: Kondensmilch, rote und gelbe Marmelade in beschrifteten Einmachgläsern, Butter, ein Korb mit dicken Brotscheiben. Das Einzige, was seit dem Tod des Großvaters fehlt, ist Käse. Käse zum Frühstück ist Männersache. Bevor die Großmutter Frühstück macht, geht sie ins Badezimmer. Auf dem Weg dahin trinkt sie ein Glas *Klosterfrau Melissengeist*. Das stärkt Körper und

Seele. Body and soul für Alte, denkt Maria und trinkt gegen den Alkoholgeruch am Frühstückstisch einen Schluck Kaffee, der nichts für Herzkranke ist. Dabei ist sie herzkrank. Verflucht herzkrank. Sie gibt es nur nicht zu.
Hast du etwas vor heute? fragt die Großmutter.
Ich fahre in die Stadt. Ich muss Fotos abholen.
Von Spanien?
Ja.
Sie trickst sich aus. Weiß genau, dass sie den kleinen Apparat, in dem sich Beas Lachen versteckt hält, besser wegwerfen sollte. Am besten zusammen mit dem Tonband. Relikte, alles Relikte. Die Bilder brennen in ihrer Jackentasche wie Feuer.
Wollen Sie die Fotos gleich anschauen?
Sie reißt sie dem Verkäufer in dem Fotogeschäft aus den Händen. Nein, danke.
Steckt den Umschlag ein und verlässt grußlos den Laden. Trödelt, um den Bus zu verpassen, macht dann einen großen Bogen um das Haus der Großmutter, einen Abstecher in die Hotelbar.
Denkt: Un carajillo, por favor. Sagt: Einen Espresso und einen Veterano, bitte.
Lässt den Kognak langsam die Kehle hinunterrinnen, bis es im Hals brennt. Trinkt noch einen hinterher. Jetzt ist ihr warm. Heiß. Sie könnte weitertrinken. Sich ein Zimmer nehmen, die Großmutter anrufen und sagen, dass sie nicht kommt. In den Film einsteigen, den sie sich seit Tagen und Nächten verwehrt, der sich jetzt unaufhaltsam in ihr abspult, den sie nicht mehr wegdenken kann. Der kein Etikett zulässt, außer dem Na-

men, der unaufhörlich in ihr wächst, größer wird und lauter, in ihrem Inneren widerhallt: Bea. Sie könnte sich dort oben auf einem geschichtslosen weißen Laken mit diesem Namen niederlassen und ihn lieben. Die Fotos auf den Nachttisch legen und sich erinnern. Aber es geht nicht. Sie dreht sich keinen Porno für eine einsame Nummer mit einer Onaniérvorlage, die keine ist. Sie berührt keinen Körper, der sie nicht will. Nicht einmal im Traum.
Darf ich Sie zu einem Kognak einladen, junge Frau?
Die Stimme gehört einem smarten Mittvierziger, der sich offenbar in der Wellness-Oase langweilt.
Damit ich Sie im Gegenzug wozu genau einlade?
Zu einem anregenden Gespräch vielleicht?
Sie rutscht vom Barhocker, legt dem Kellner einen Schein auf den Tresen.
Mein Stundenlohn liegt bei etwa dreißig Brandys.
Dann lässt sie den Graumelierten stehen. Die Szene macht ihr keinen Spaß, sie triumphiert nicht wirklich. Sie fühlt sich eher wie eine gescheiterte Nutte. Nicht einmal dazu ist sie mehr fähig. Schneller Sex, Lust im Vorbeigehen – keine Chance. Bea liegt ihr auf der Haut wie eine schmerzende Berührung.
Sie setzt sich auf eine Bank am See. Es ist kalt und ihr Atem produziert kleine weiße Wölkchen vor dem Mund. Der Umschlag ist verknittert, aber die Fotos sind unberührt. Sie zieht sie heraus, legt sie mit dem Gesicht nach unten auf ihre Knie. Memory: Sie dreht das erste um. Das Bild zeigt sie auf einer Mauer sitzend, hinter ihr, weit weg und winzig, Barcelona. Ihre Augen leuchten, sie hat mehr Falten, als ihr lieb ist. Ihr

Gesicht lässt keinen Zweifel mehr an ihrem Alter. Sie sieht nicht verheiratet aus, auch nicht verwitwet. Nicht einmal wie ein Single. Sie sieht es sich selbst an: Sie ist bis über beide Ohren verliebt.
Sie steckt die Fotos wieder in den Umschlag. Es reicht ihr fürs Erste. Zu der Angst, Bea zu begegnen, kommt die Angst, sich selbst zu treffen. Wer ist sie? Woher kommt sie und wohin geht sie? Fast rennt sie zurück zur Großmutter, nimmt zwei Stufen auf einmal, schaltet ihr Notebook ein: schreiben. Weiterschreiben. Irgendwo dort liegt die Antwort, wer sie ist. Oder nicht.

Lena hat den Blumenhändler nie leiden können. Ein Tierquäler, der sechs Papageien in einen Käfig sperrte, in dem schon zwei Kanarienvögel zusammen verrückt geworden wären. Der sie keines Blickes würdigte, weil sie ihre Blumen nicht bei ihm kaufte, sondern bei einer jungen Floristin, die drei Straßen weiter ein Blumengeschäft betrieb, das vor Blüten und Farben nur so überschäumte. Die Blumen des Blumenhändlers im Erdgeschoss dagegen machten den Eindruck, als hätte er sie vor dem Zusammenbinden narkotisiert. Als er vor einem Jahr krank geworden war, hatte er sein Angebot auf Topfpflanzen reduziert und sie konnte endlich aufhören, die bunten Sträuße vor ihm zu verstecken, wenn sie an ihm vorbei in ihre Wohnung ging.
Die Chemotherapie hatte zwei Auswirkungen: Der Blumenhändler trug von da an eine vorteilhaftere Frisur – der verfilzte Afro-Look war ei-

nem peppigen Kurzhaarschnitt gewichen – und er stellte sein Bett vor das vergitterte Fenster, weil er ständig über Hitze klagte. Lena konnte nicht anders, als jeden Morgen beim Verlassen des Hauses einen Blick durch die Gitterstäbe zu werfen. Dort lag er in seinem Gefängnis, ein kleiner, grauer Mann, die Hände links und rechts auf dem Laken, das seinen schmächtigen Körper bedeckte, und tat so, als ob er schliefe. Heftete sich an ihre Augen, wenn er bemerkte, dass sie ihn musterte – und er schien nur darauf zu warten, dass sie das tat –, und verfolgte sie, bis sie den Hof verlassen hatte. Noch auf der Straße hatte sie das Gefühl, dass sich sein Blick in ihren Rücken bohrte. Alles in allem wünschte sie ihn wochenlang zur Hölle. Trotzdem war sie erschrocken, als eines Morgens das Bett leer war und die Beine des Blumenhändlers, der zwischen Wand und Gestell gefallen war, in die Luft ragten wie Salzstangen.

Sie ging nicht zu seiner Beerdigung, spendete aber zwanzig Mark für einen Gemeinschaftskranz. Ein paar Tage später rief sie die Hausverwaltung an und fragte, was mit dem Laden passieren würde.

Eigentlich kann sie es sich nicht leisten, aber die Räume sind wie gemacht für ein Fotoatelier: ganz hinten die Dunkelkammer, in dem Raum ohne Fenster das technische Equipment, das niemand dort vermutet, und nach vorne zur Straße hinaus ein kleiner Showroom, in dem sie ihre Bilder

ausstellen kann. Sie ist sich sicher, dass sich die Miete noch etwas senken lässt. Aber es gibt noch einen anderen Interessenten. Der Hauswart hat ihr gesagt, dass er heute kommt, und sie will wissen, wer es ist. Also setzt sie sich mit dem Teleobjektiv an den Küchentisch und wartet.
Als der Fremde mit dem blauen eleganten Mantel den Hof betritt und die Tür zur Wohnung des Blumenhändlers aufschließt, ruft sie den Hauswart an: Ist er das?
Der geht mit dem Telefon ans Fenster und nickt. Ja, das ist er. Ein Amerikaner.
Ein Amerikaner?
Heißt es.
Sie kann sich nicht erklären, was so einer hier will. Keine gute Gegend, schlechte Bausubstanz, renovierungsbedürftige Räume. Sie zoomt ihn heran und schaut sich sein Gesicht an. Herabfallende Mundwinkel, faltiges, gebräuntes Gesicht. Zu viel Sonne, zu viel Geld. Von weitem ein Dandy, bei näherem Hinsehen auch nicht mehr als ein alter Mann. Wie der Blumenhändler. Der war schon scheintot, als sie hier einzog. Ein Fossil. Hier geboren. Unvorstellbar.
Der Fremde verschwindet in der Wohnung des Blumenhändlers und sie lässt das Kameraobjektiv im Hof herumschweifen. Im dämmrigen Licht erkennt sie unscharf die feinen Äste der Kastanie, den Fahrradständer mit ihrem Mountainbike, das dringend in den Keller muss, und eine Silhouette, die zusammengekauert auf der

Kellertreppe des Vorderhauses sitzt: Sie hat Kalle im Visier. Seit dem Tod des Blumenhändlers hat sie ihn nur einmal gesehen. Er ist der Einzige, der um den Alten trauert. Er hat an ihm gehangen. Weiß der Teufel, was der ihm alles versprochen hat.

Jetzt verlässt der Fremde den Laden und geht mit großen Schritten über den Hof. Lena legt die Kamera weg, zündet sich eine Zigarette an, lässt das Rollo hinunter. Vielleicht ist es das Beste, wenn sie ihm das Erdgeschoss überlässt. Kampflos. Ihre Koffer packt, die Wohnung kündigt und endlich dahin geht, wovon sie schon lange träumt: Manhattan.

●○●

Saarbrücken, 07.11.2001

Ich bin die ganze Nacht hindurch gefahren und ich bin hellwach. Das Licht in deinem Land öffnet mir die Augen. Vor der Grenze bin ich von der Autobahn abgefahren, wollte langsam in Deutschland ankommen. Es ist kälter, als ich dachte. An jeder Tankstelle fürchtete ich mich mehr vor dem Aussteigen. Ich verstehe kein Wort von dem, was da geschrieben steht. Ich nehme wortlos etwas aus dem Regal, lege es an der Kasse hin und bezahle mit meiner Kreditkarte. Fahre weiter. Gemächlich. Lasse meinen Augen Zeit, sich satt zu sehen an den Dörfern, den weiten Feldern, dem Grau, das nicht wirklich grau ist, weil es so viele Nuancen davon gibt, dass es mir wie ein farbloser Regenbogen vorkommt. Gefrühstückt habe ich in dieser Stadt, deren Namen ich nicht aussprechen kann, in der ich stundenlang herumgelaufen bin, mir die Nase an den Schaufenstern plattgedrückt habe, als hätte ich noch nie Geschäfte gesehen.

Jetzt sitze ich an einem kleinen Schreibtisch in einem Hotelzimmer mit Blick auf einen Fluss, von dem ich nicht weiß, wie er heißt. Es ist aufregend, für die Dinge keine Worte zu haben. Es ist aufregend, keine Worte haben zu müssen, weil es keine Notwendigkeit der Rede gibt. Das Einzige, was ich machen muss, ist: sehen, nehmen, bezahlen, gehen und fahren. Mehr kann ich nicht tun auf dem Weg zu dir. Von dem Moment an, in dem ich die Europakarte aufgeschlagen hatte, in einer der neonbeleuchteten Raststätten, die rund um die Uhr geöffnet sind, und so tun, als gäbe es keinen Schlaf. Als ich mit dem Zeigefinger die roten Linien verfolgt habe, um zu schauen, über welche Grenze ich am liebsten Frankreich verlassen möchte, wusste ich, dass ich ein Ziel habe: Berlin.

Auch wenn ich nicht sicher bin, ob du dort bist, muss ich dorthin. Die Stadt zieht mich an wie ein Magnet: Ich kann die Richtung nicht ändern, ich kann nur die Geschwindigkeit regulieren. Kennst du die kleinen Plastikpferde, die an einer Schnur hängen? Die man auf den Tisch stellt, die über die Tischplatte laufen und am Ende hinunterfallen, wenn du die Kugel an der Schnur über die Kante hängst? Je nachdem, wie die Kugel hängt, läuft das Pferd schnell oder langsam. Ich glaube, man kann es kurz vor dem Fall zum Stehen bringen, aber ich habe das nie geschafft. Je kürzer der Abstand zur Tischkante geworden ist, umso schneller lief es seinem Sturz entgegen. So zieht Berlin an mir, so ziehst du an mir. Unaufhaltsam, beharrlich. Am Ende fallen? Vielleicht. Ich habe keine Ahnung, was ich täte, wenn ich dich anträfe. Ich habe keine Ahnung, was ich tun werde, wenn ich dich nicht antreffe. Es gibt in meiner Vorstellung nichts zu sagen, es gibt nichts zu tun. Außer dem spürbaren Zug nachzugeben, der durch eine unsichtbare Kugel entsteht, die an einer unsichtbaren Schnur hängt. Wer hat sie über den Abgrund geworfen? Du? Ich?

Auf dem Fluss fahren Schiffe, die es wohl nur auf Flüssen gibt. Sie sind schmal, liegen tief und auf ihrer Ladefläche sind außer riesigen Sandhaufen kleine Autos geparkt. Warum fährt man auf einem Schiff ein Auto spazieren? Wahrscheinlich, weil Kapitäne auch an Land das Steuer in der Hand behalten wollen. Ich hingegen habe gar nichts mehr in der Hand. Lasse mich vorwärts treiben. Beschränke mich auf das Wesentliche: nicht frieren, essen, schlafen, die Distanz verringern. Kilometer für Kilometer dahin zurückkehren, von wo aus ich das Weite gesucht und gefunden habe. Doch das Weite nützt mir nichts. Es erinnert mich nur an die verlorene Nähe. Ich würde mein Auto gern gegen einen dieser Kähne eintauschen, um dich vom Wasser aus zu suchen. Um anzulegen an den Rändern. Das Ufer erreichen und mich von dort aus schwankend aufmachen, festen Boden unter die Füße zu bringen. Um mich festzuhalten, würde ich eine dieser Zigaretten rauchen, die ich mir gekauft habe, weil mir die Packung so gut gefällt. Sie ist blau. So blau wie deine Augen am Meer. Und sie trägt den Namen eines Flusses, den ich gerne mit dir bereisen würde, weil er voller Krokodile ist.

Wir könnten das Schiff nicht verlassen. Nachts würden wir an Deck liegen, der Musik aus der Bar lauschen und auf das Wasser starren. Warten, bis die Reptilien ihre Rachen aufreißen und ihnen Schokolade hineinwerfen. Mit Nüssen, damit sie etwas zu beißen hätten. Dann könnten wir uns auf den Rücken legen und die Sterne zählen. Die toten und die lebenden. Vielleicht eine Sternschnuppe sehen, von der wir glauben, dass sie gerade vom Himmel fällt, dabei hat sie das schon getan, als es uns noch nicht gegeben hat. Aber das wäre uns egal. Es gäbe nur eine Zeit: unsere Zeit. Und die wäre jetzt und hier.

Lena ist Fotografin, weil Maria Fotos in der Tasche hat. Immer noch. Sie reibt sich die Augen, öffnet das Fenster, geht wie zufällig an der Jacke vorbei, die an der Türklinke hängt. Setzt sich auf das Bett und legt die Fotos mit dem Gesicht nach unten darauf aus. Weiße Vierecke, unter denen alles lauern kann, denen sie ausgeliefert ist. Sie deckt eines auf: Es ist blau. Der Himmel über Barcelona. Keine Wolke, kein Flugzeug, kein Schatten, nichts. Nur blau. Hellblau. Sie könnte den Stapel jetzt wegpacken. Denken: Jeden Tag eines. Heute der Himmel von Barcelona. Morgen vielleicht Bea. Morgen Bea. Für einen Moment die Kontrolle vergessen, für den winzigen Augenblick einer Illusion das Unmögliche hoffen: dass Bea den Anrufbeantworter abhört, der in zwei Sprachen die Adresse der Großmutter preisgibt. Nur für den Fall. Der nicht eintreten wird, weil Bea nicht kommt, sondern geht. Von ihr fort. Schon längst nicht mehr greifbar ist.
Maria dreht das nächste Foto um. Sie sehen aus wie zwei übermütige Studentinnen auf Reisen. Bea legt den Arm um sie. Da weiß sie noch nichts von der Berührung, die ihr unter die Haut geht. Dann kann es nicht schnell genug gehen. Und plötzlich liegt Bea vor ihr. Auf dem Gästebett der Großmutter, inmitten des bunten Musters der Tagesdecke. Sie nimmt das Foto in beide Hände, geht damit zum Schreibtisch, legt es dorthin. Will auf der Stelle schrumpfen, will hineingehen in dieses Bild, wie sie es einmal in einem Videofilm gesehen hat.

Zurück in die Szene auf dem Foto. Wo Bea vor ihr sitzt und in den kleinen Apparat schaut, von dem niemand wirklich denkt, dass er Bilder machen kann.
Bea, die den Blick nicht abwendet, sie schonungslos anschaut, als wollte sie sagen: Drück doch ab, wenn du dich traust. Und sie traut sich, weil sie nicht wagt, noch länger in diese Augen zu schauen, auf diesen Mund, in dieses Gesicht, das sie nun in Händen hält wie dünnes Glas. Ein Blick, der sich an ihre Augen heftet, der jeden anderen Blick in ihr auslöscht. Jeden in sie hinein, jeden aus ihr heraus. Bea ist nicht schön. Bea ist schlimmer: Sie ist da. Auf der Haut, im Gedächtnis. Jederzeit abrufbar. Ob sie die restlichen Fotos umdreht oder nicht, es macht keinen Unterschied. Ob sie hier bleibt, ob sie zurückfährt, nach Berlin, Barcelona oder ans Ende der Welt: Nichts ändert sich an der Sehnsucht, die sie als dumpfes Klopfen in sich spürt, die ihr die Kälte ins Herz treibt.
Weißt du, wieso Pinguine am kältesten Punkt der Erde überleben?
Nein.
Weil sie ein System entwickelt haben, das allen Wärme garantiert. Sie umwandern einander schneckenförmig und wechseln ihre Position in Zeitlupentempo. Stehen Bauch an Rücken dem Inneren zugewandt, umkreisen einander unmerklich, Schleife für Schleife. Von innen rücken sie auf, schieben die erkalteten Körper rechtzeitig vor dem Erfrieren in die rettende Wärme der aneinander gekauerten Tiere im Innern. Jeder Pinguin bleibt eine gewisse Zeit an einem gewissen Punkt. So passen sie aufeinander auf, bringen sich gegenseitig

vor dem Kältetod in Sicherheit. Sie sind immer in Bewegung und sie lassen sich niemals allein.
Und wieso gehst du dann, verdammt noch mal? will Maria fragen, aber es ist keine da, die sie fragen kann. Nichts außer Geschichten. Pinguine! Pinguine leben nicht in Wohnungen, haben keinen Beruf, kennen keine Irrtümer. Die Dinge laufen nicht immer so, wie man es gerne hätte. Die Dinge laufen einfach so, wie sie Lust haben. Passieren. Und plötzlich ist von einer Minute auf die nächste alles anders. Figuren kommen und gehen. Stehen nicht zu Tausenden unbeweglich im ewigen Eis. Tauchen einfach auf und spielen irgendeine Rolle, ob sie passt oder nicht. Katapultieren ohne Rücksicht auf Verluste jeden und alles weit über die Schmerzgrenze hinaus. Und niemand rückt nach, wenn es kalt wird.

Kalle schafft es einfach nicht. Er will zu ihm hingehen und sagen: *Hey Mister, lassen Sie mir den Laden, okay?*
Das mit dem Mister hat er aus dem Kino, aus einem Film, in dem ein armer Schwarzer einem reichen Weißen zeigt, wo es langgeht. Aber er schafft es nicht. Er würde nur wieder dastehen, würde keinen Ton herausbringen, und wenn doch, würde er anfangen zu stottern, fühlen, wie ihm die Hitze ins Gesicht steigt, völlig aus der Fassung geraten und am Ende davonlaufen. Das passiert ihm immer, mit allen. Außer mit Achim. Aber Achim ist tot und er ist wieder allein mit dem Vater, der sich drei Straßen weiter auf dem

Sofa der winzigen Wohnung, in der es immer nach Fisch riecht, obwohl sie nie Fisch essen, zu Tode säuft. Da will er raus und deshalb will er den Laden mieten. Er hat ein bisschen Geld von der Großmutter, heimlich hat sie ihm das Sparbuch zugesteckt, das liegt jetzt auf der Bank in einem Schließfach und den Schlüssel trägt er um den Hals.

Junge, hat Achim gesagt, *wenn ick ma tot bin, schmeißt du den Laden hier, wa? Für Blumen verkoofen musste nich viel reden. Nur imma hübsch freundlich sein zu die Kunden, dit ist det A und O in den Jeschäft!*

Seitdem träumt Kalle davon, sein eigener Chef zu sein. Und wie das geht, das hat er von Achim gelernt. Der hat ihm gezeigt, wie man dreißig Rosen in einer Hand hält. Wie man Asparagus dazwischenklemmt, damit es nach mehr aussieht. Welche Sträuße man wann verkauft: Gladiolen zur Beerdigung, Tulpen zu Ostern, Rosen zur Hochzeit, Nelken zu jeder Gelegenheit. Und auch, wo man das Zeug herbekommt: Vom Blumengroßmarkt. Dafür braucht er eigentlich ein Auto, aber das kauft er sich später, vom ersten verdienten Geld. Bis dahin fährt er mit dem Mofa. Er hat sich alles genau überlegt: Aus den alten Brettern und dem kaputten Fahrrad im Keller baut er sich einen Anhänger. Und im Winter holt er sich eine von den großen Plastikplanen, die er in Achims Verschlag deponiert hat. Neben *Moosy*, den Vasen, den Messern und Scheren, neben den Bindfäden und Gummis, Handschuhen und Tontöpfen, die er aus der Mülltonne geholt hat. Alles ist bis ins kleinste Detail durchgeplant und jetzt kommt der Fremde und will ihm den Laden wegschnappen. Das hat ihm der Hauswart erzählt. Dass einer kommt, der das ganze Erdgeschoss kaufen will. Nicht mieten, sondern kaufen! Einer, der richtig Geld hat. Vielleicht kauft er sogar das ganze Haus. So wie der aussieht in seinem blauen Mantel, kann er sich das leisten. Aber was will so einer wie der hier im Kiez?

Kalle geht in Deckung. Jetzt kommt der Fremde aus dem Laden, bleibt vor der Kastanie im Hof stehen und sieht sich um, als hätte er etwas vergessen. Es schneit heftiger und Kalle zieht sich den Schal fester um den Hals. Er schaut auf die Uhr. Der Vater wird toben, wenn er nicht bald nach Hause kommt, aber er muss hier bleiben, er kann nicht einfach aufgeben. Er will aufspringen, auf den Unbekannten zurennen, will sagen: *Bitte lassen Sie mir den Laden, ich tu, was Sie wollen, für 'nen Zehner lass ich auch die Hosen runter, wie für Achim. Oder ich mach's umsonst, zehn Jahre lang, sooft Sie wollen.*

Aber wer weiß, ob dem Fremden das gefällt oder ob er es sich lieber von Weibern besorgen lässt. Der sieht nicht so aus, als könnte er sich keine Frauen leisten. Der sieht aus, als könnte er sich alles leisten, was er will. Mit so einem braucht er es gar nicht erst aufzunehmen. Also bleibt er geduckt und tut lieber nichts. Muss zusehen,

wie der Fremde seinen Laden abschließt, den Schlüssel in die Manteltasche steckt und mit großen Schritten, die dunkle Spuren im weißen Schnee hinterlassen, zum Keller geht. Er schließt die Kellertür auf und Kalle weiß: Jetzt oder nie. Er muss mit ihm reden, es ist seine einzige Chance. Der Fremde hat die Kellertür weit aufgemacht und steht auf der ersten Stufe. Kalle beeilt sich, dass er ihn noch oben erwischt, schießt aus seinem Versteck und rennt zur Kellertür. Innerlich sagt er es vor sich hin, *Hey Mister*, aber es will nicht herauskommen, und dann steht er plötzlich hinter dem Fremden und würgt es fast schreiend heraus:
Hey, Mmmmmmmmmm…
Der Fremde zuckt zusammen, dreht sich erschrocken nach der unbekannten Stimme um, rutscht dabei mit den glatten Sohlen seiner blitzblank geputzten Lederschuhe auf dem Treppenabsatz aus und verliert das Gleichgewicht. Der schöne blaue Mantel verschwindet im Dunkel und Kalle hört kurz hintereinander mehrere dumpfe Schläge. Dann ist es ganz still.
Kalle steht da wie angewurzelt.
Er war es nicht. Er hat nichts gemacht. Das wollte er nicht. Er schaut hinauf zu den Fenstern, von denen einige erleuchtet sind. Keiner schaut in den Hof. Niemand hat es gesehen. Ein letzter Blick in das schwarze Loch zum Keller, dann rennt Kalle, ohne noch einmal nach dem Fremden zu sehen, hinaus auf die Straße, nach Hause.

Draußen ist tiefe Nacht. Maria steht auf, öffnet das Fenster weit, atmet durch: Achim ist tot, Heinz ist tot. Lena schaut zu. Teresa ist tot. Bea ist verschollen. Sie schaut zu.
Was, sagt die Schriftstellerin mit dem geborgten Herzen, soll ich schreiben, wenn nicht mich selbst?
Wer, denkt Maria, bin ich, wenn ich schreibe?

●○●

Berlin, 09.11.2001

Ich bin zum Flughafen gefahren, weil ich wusste, dort würde ich ein Taxi finden, das mich und den Wagen zu dir bringen würde. Wie im Krimi habe ich den Mercedes verfolgt, bis er plötzlich anhielt und ich panische Angst bekam, entdeckt zu werden. Statt zu parken, gab ich Gas, fuhr weiter, bis zu dem hell erleuchteten Hotel an der Ecke. Ich habe den Wagen in die Tiefgarage gefahren und Stellung in einem Einzelzimmer mit Blick auf einen Platz bezogen. Er heißt ‚Hermannplatz' und gestern war dort Markt.
Wenn du mit der U-Bahn fährst, dann wirst du hier die Treppen in den Untergrund nehmen: Auf dem Weg zu dir musst du an mir vorbei. Das Hotel ist nichts Besonderes, es ist gerade so, wie ich es mag. Alle Zimmer sehen gleich aus, jedes Stockwerk hat eine andere Farbe und der Mann an der Rezeption trägt eine Krawatte mit einer Nadel der Hotelkette. Ich frage mich, ob du wohl schon einmal hier gewesen bist, aber was solltest du für eine Notwendigkeit gehabt haben, fünf Minuten von deiner eigenen Wohnung entfernt ein Hotelzimmer zu reservieren. Vielleicht für gute Freunde, die du nicht bei dir unterbringen wolltest.
Du hast gesagt, du wohnst in einer Bruchbude. Obwohl das Haus nicht so aussieht. Ich habe mich hineingeschlichen, als eine ältere Frau herauskam, aufgepasst, dass ich dir nicht zufällig begegne, im Treppenhaus oder in dem Hof mit dem riesigen Baum ohne Blät-

ter. Zwar verrät mir dein Name an der Klingel, dass du hier wohnst, nicht aber in welchem Gebäude, in welchem Stockwerk, hinter welchen dieser Fenster. Ich habe nicht gewagt zu läuten. Plötzlich kam mir diese Reise so absurd vor und ich fürchtete, sie könnte durch eine falsche Bewegung zu Ende gehen. Deshalb habe ich einfach nur im Treppenhaus gestanden und den Geräuschen gelauscht. Wenn ich Schritte gehört habe, habe ich mich hinter einer halb offenen Tür zum Keller versteckt und gewartet, bis jemand das Haus verlassen hat. Jedes Mal hoffte ich und hatte Angst, du könntest es sein. Würdest mich zitternd und frierend hinter der Tür entdecken und mich auslachen. Oder mich fortschicken. Oder mich umarmen. Ich weiß nicht, was schlimmer gewesen wäre. Dann wurde es unruhig im Haus. Im Erdgeschoss wird ein leer stehendes Geschäft renoviert. Die Handwerker gehen ein und aus und werfen die unvorstellbarsten Dinge in einen Container: Modellschiffe, Vasen, Postkarten, Plastikblumen. Etwas geht hier zu Ende. Das kann ich mir beim Zusehen vorstellen. Einfacher, als die Möglichkeit, dass etwas Neues beginnen könnte. Zwischen uns, zum Beispiel.
Ich sitze hier, möglicherweise ein paar Schritte von dir entfernt, und schleiche um das Telefon. Was sollte ich dir sagen? Was, wenn nicht du den Hörer abnimmst? Deine Freundin, von der ich nicht weiß, ob sie existiert, ein Mitbewohner, von dem ich nicht weiß, ob es ihn gibt. Was sage ich wem, in welcher Sprache? Sprechen wir beide noch ein und dieselbe? Ich komme mir vor, als wäre ich von zu Hause ausgerissen und nie-

mand hätte es bemerkt. Keiner sucht mich, niemand vermisst mich, nur ich habe Heimweh. Fernweh. Finde keine Ruhe mehr. Schaue auf die Fassade des großen Kaufhauses gegenüber und stelle mir vor, du gehst dort einkaufen. Ich muss dich anrufen. Will wissen, wie nah du mir bist. Kann nicht schlafen, wenn ich nicht weiß, ob du durch die kahlen Äste der Kastanie im Hof den gleichen halben Mond siehst, der hier am Himmel hängt.

Katharina sucht fieberhaft nach der Taschenlampe, die sie für den Fall eines Stromausfalls an einen sicheren Ort gelegt hat. Sie muss sich beeilen. Es ist gleich fünf und gegen halb sechs kommen ihre Nachbarn von der Arbeit nach Hause. Jetzt hat sie die Taschenlampe gefunden, probiert sie aus. Sie funktioniert einwandfrei.
Sie sucht nach etwas Warmem, das sie überziehen könnte, sie will sich auf keinen Fall erkälten. Aber auf die Schnelle findet sie nichts Besseres als ihren Bademantel, ihre Fäustlinge und ihre dicken, gefütterten Stiefel. Das muss reichen, sehen soll sie sowieso niemand.
Sie ist schneller im Hof als gewöhnlich, obwohl sie das linke Bein kaum noch bewegen kann. Sie nimmt die Treppenstufen wie im Flug, sie muss es schaffen, und wenn es das Letzte ist, was sie in ihrem Leben schafft. In der Tür zum Hof bleibt sie kurz stehen und schaut sich um. Alles ruhig. Katharina humpelt hastig zur offenen Kellertür, holt die Taschenlampe aus der rechten Bade-

manteltasche und leuchtet in das Kellergewölbe. Vorher setzt sie noch ihre Brille auf, damit sie ihn besser sehen kann: Am Ende der Treppe liegt Heinz. Seine Beine zeigen nach oben, seine Schultern und sein blutender Kopf lehnen an der Wand. Katharina hält ihm den Lichtstrahl ins Gesicht und es ist ihr, als hätte Heinz die Augen geöffnet und bewegte seine Lippen. Aber vielleicht wünscht sie sich das auch nur: Fata Morgana.
Einen Moment lang bleibt Katharina bewegungslos stehen und betrachtet den gefallenen Körper. Auf ihrem rosafarbenen Bademantel bleiben dicke weiße Schneeflocken liegen. Wie im Märchen. Sie wandert mit dem Lichtstrahl langsam die Kellertreppe hinauf und wieder hinunter, verharrt noch einmal zum Abschied auf Heinz, dann knipst sie die Taschenlampe aus und steckt sie weg. Aus der anderen Bademanteltasche holt sie ihre Fäustlinge, die sie über die kalten Hände streift. Entschlossen zieht sie mit einem schnellen Ruck die Kellertür zu und schließt ab. Den Schlüssel steckt sie ein: Es ist schon spät und heute wird niemand mehr in den Keller wollen.

Maria drückt auf *Speichern* und *Drucken*. Aus dem grauen Plastikviereck fallen sieben beschriebene Seiten heraus. Sie ist auf eigenartige Weise zufrieden. Auch wenn es schon lange nicht mehr um Achim geht, auch wenn die Geschichte außer Kontrolle ist wie ein ungewollter Traum, von dem man am Morgen nicht mehr weiß als die Form ungeordneter Fragmente, die sich am Tag ohne Erlaubnis selbstständig machen: Erinnerung an nie Geschehenes.

Berlin, 10.11.2001

Natürlich frage ich mich, ob du deinen Anrufbeantworter immer zweisprachig besprichst oder ob du mir ein Zeichen geben willst. Andererseits: Wenn du nicht wolltest, dass ich weiß, wo du bist, hättest du die Ansage geändert. Oder denkst du daran gar nicht? Gehört unsere Begegnung für dich schon in ein Gestern, das dich heute nicht mehr betrifft? Wie lange dauert dein Jetzt? Ein Jahr? Einen Monat? Eine Woche? Drei Tage? Mein Jetzt ist stehen geblieben, ich habe das Uhrwerk nicht mehr aufgezogen, seit ich dich verlassen habe. Seitdem irre ich an Orten herum, die mir zeigen, dass ich keinerlei Beziehung zu Zeit habe: Ich habe nicht einmal die richtige Kleidung für das Wetter da draußen. Geschweige denn eine Idee davon, was ich bräuchte, um nicht zu frieren.

Einfach in ein Kaufhaus zu gehen und mir eine Jacke zu kaufen, ist mir unvorstellbar. Kleider sind wie Hände auf der Haut: Sie haben eine Geschichte, an ihnen hängt ein Leben. Ich kann nichts anziehen, was bereits auf einem anderen Körper war. Die Vorstellung, einen Pullover zu tragen, den zuvor eine Frau probiert hat, die ihr Kind schlägt, eine Hose, die noch warm ist von den Beinen eines Menschen, dessen Herz gebrochen ist, ein Hemd, dessen Knöpfe geschunden sind, achtlos gequetscht zwischen Daumen

und Zeigefinger, ist mir zuwider. Ich will unberührten Stoff, kein Seelengewebe. Darum lasse ich meine Kleidung anfertigen. Ich deute auf ein Bild, ein Foto und sage: Das möchte ich für mich allein, und lasse es nähen. Eine Jeans, die ich in einer Zeitschrift sehe, einen Anzug aus einem Film, einen Mantel, der mir im Traum erscheint. Wenn mir etwas besonders gut gefällt, gebe ich es gleich doppelt in Auftrag. Vor allem Schuhe. Der Geschäftsführer des Hotels hat mir geraten, zu einem Kaufhaus zu gehen, das KaDeWe heißt. Dort könne man für Geld alles bekommen. Das hilft mir nicht viel weiter, denn ich weiß nicht, was man braucht am deutschen Meer, und dahin muss ich wohl, wenn ich dich finden will. Den Ort habe ich auf der Deutschlandkarte gefunden, die ich mir an einer Tankstelle gekauft habe.
Du kannst dich nicht trennen von der Küste. Wahrscheinlich ist es dort noch kälter und regnet genauso. Aber vielleicht ist es nicht so grau wie hier. Die Fassaden der Häuser, die Straßen, der Himmel, selbst der große Park: Alles ist schwarz-weiß. Ich frage mich, wie du es aushältst hier in dieser Jahreszeit. Vielleicht bist du deshalb ans Meer gefahren. Weil du Himmel über dir brauchst, schnelle Wolken und die Chance auf einen Sonnenstrahl. Da, wo dieses Land ins Wasser führt. Bist du dort, weil du nicht weiterkommst?
Komme ich weiter? Vielleicht bin ich schon viel zu weit gegangen, habe die wirklichen Grenzen nicht bemerkt. Die Kugel hängt über der Tischkante und ich laufe ihr noch immer hinterher, manchmal langsamer, manchmal schneller. Die einzige Frage, die sich stellt, ist:

Schaffe ich es, vor dem Abgrund rechtzeitig stehen zu bleiben?
Die Tage in Berlin verbringe ich mit Herumlaufen. Mit der U-Bahn fahre ich nicht. Grundsätzlich nicht. Ich will nicht, dass mich die Erde verschluckt, mag nicht eingesperrt sein mit fremden Menschen, die im Gegensatz zu mir alle wissen, wohin sie wollen. Ich laufe. Trotz der Kälte, trotz des Regens. Solange, bis ich mich irgendwo aufwärmen muss. Durch kleine und große Straßen, durch arme und reiche Gegenden, durch alte und neue Viertel. An Kanälen entlang, an denen Schiffe vor Anker gegangen sind, die nie mehr ablegen. Über Plätze, die von amerikanischen Architekten geplant worden sein müssen, vorbei an historischen Gebäuden, deren Mauern von Einschusslöchern übersät sind. Berlin ist verwundet, mit oder ohne Mauer, die Stadt schreit an jeder Ecke um Hilfe. Oder ist es nur mein eigenes stummes Echo, das mir von den Wänden, aus dem Beton, aus der aufgerissenen Erde entgegenkommt? Gibt es hier gar nicht so viele streunende Hunde und Katzen, wie es mir scheint, sehe ich nur meine eigene Orientierungslosigkeit in den räudigen Fellen? Museen besuche ich nicht. Aufgearbeitete Vergangenheit kann ich nicht gebrauchen. Nur keine Geschichten. Den Blick richten auf das, was ist, und sehen, was sein könnte, ist alles, wozu ich fähig bin.
Wenn es dunkel wird, wenn ich in irgendeinem Restaurant etwas gegessen und getrunken habe, bestelle ich noch dort ein Taxi und lasse mich zurück ins Hotel bringen. Setze mich in einen der viereckigen Ledersessel der Hotelbar, trinke genug Alkohol, um sicher-

zugehen, dass ich danach einschlafen kann. Seit ich weiß, dass du nicht hier bist, dass die Fenster deiner Wohnung in dem Haus mit dem großen Baum nicht erleuchtet sind, schlafe ich besser. Es gibt keinen Grund zur Aufregung: Ich bin allein in einer fremden Stadt.

●○●

Willst du wirklich ans Meer?
Maria sitzt neben der Großmutter auf dem Sofa, legt ihr den Arm um die knochigen Schultern.
Das ist doch lächerlich. Was soll eine alte Frau wie ich am Strand?
Dasselbe wie eine junge Frau am Strand: das Meer sehen.
Das Meer sehen…
Die Großmutter seufzt. Dann steht sie langsam auf, stützt sich auf den hölzernen Gehstock und geht zur Küche.
Ich mach uns mal eine Tasse Kaffee. Hast du Hunger?
Maria nickt. Selbst wenn sie keinen Appetit hätte, sie würde immer nicken. Essen machen ist Liebe geben. Das ist schon immer so. Als Kind holt sie sich die dicken Butterbrote mit Salz am Küchenfenster der anderen Oma ab. Die lebt nicht im Osten. Die kann man einfach so besuchen. Die Ostoma ist anders. Hat nicht so viele Süßigkeiten. Aber große starke Arme, und vor dem Schlafengehen gibt es ein Betthupferl. Das schmeckt nicht wirklich gut, aber die Geschichten der Ostoma sind besser als jede Schokolade: Sie erzählt vom Krieg. Von der Mauer und der Grenze.
Und dann haben die Russen die Mauer gebaut und die Amerikaner haben zugeschaut. Die Russen, flüstert die Oma, darf man eigentlich nicht die Russen nennen. Die Russen heißen jetzt Sowjetbürger, aber Russen bleiben sie trotzdem.

Maria stellt sich vor, wie die Russen eine Mauer bauen und die Amerikaner zusehen.
Wie mit einer Schere haben sie die eine Seite von der anderen getrennt, sagt die Ostoma und macht die Schere mit den Fingern der rechten Hand nach. Und damit jeder auf seiner Seite bleibt, haben sie eine Mauer gebaut und die Grenze bewacht.
Die, an der wir so lange warten müssen, wenn wir dich besuchen?
Genau die.
Die Großmutter darf nicht auf die andere Seite. Aber ihre eigene Seite findet Maria auch nicht so schön. Sie findet, die Großmutter hat die bessere Seite erwischt.
Du hast Glück: Auf deiner Seite ist das Meer!
Abends im Bett erzählt die Großmutter auch vom Gutshaus gegenüber. Von früher. Wie die Kinder aus dem kleinen Ort in dem großen Park spielen, mit selbst gebauten Booten auf dem See herumfahren, allen voran der jüngste Sohn des Gutsbesitzers. Bis der Aufseher kommt und sie verjagt.
Wie ein Prinz sah der aus, der Bernhard. Blonde Locken und immer gut angezogen. Aber er war sich nie zu fein, mit uns Bauernkindern zu spielen. Er ist sogar mit uns in die Schule gegangen. Die Mädchen wollten ihn alle heiraten.
Du auch?
Natürlich.
Statt zu heiraten, geht Bernhard bei Nacht und Nebel fort und kommt nie wieder. Die Familie flüchtet.
Wovor?
Vor den Nazis.

Die Nazis, die Russen. Die gibt es auf Marias Seite nicht. Da sind nur die Amerikaner stationiert, die mit großen, grünen Lastwagen durch das Dorf fahren. Wenn man schnell genug ist und die Finger zu einem V formt, werfen sie manchmal Kaugummis heraus. Sie machen eigentlich nicht den Eindruck, als würden sie nur zusehen. Sie sehen stark aus und Panzer haben sie auch. Und neben der Schule ist eine Kaserne, in der findet der Sportunterricht statt. Dort sieht sie zum ersten Mal schwarze Männer. Zu denen darf man nicht Neger sagen. Das ist so wie die Sache mit den Russen. Aber Maria weiß nicht, was man sonst zu den schwarzen Männern sagen darf. Zum Beispiel zu dem Bademeister, bei dem sie schwimmen lernt. Der ganz in Weiß am Beckenrand steht und mit dunkelbraunen Händen den Schwimmstab ins Wasser hält, an dem sie sich festhält, um nicht unterzugehen. Der würde sie vor dem Ertrinken retten, das weiß sie genau.
Die Großmutter ruft sie zum Kaffee, Maria setzt sich auf die Küchenbank. Gibt nicht auf:
Wollen wir morgen ans Meer fahren?
Morgen?
Ja, morgen. Wir nehmen den Bus um zwölf und gehen zum Mittagessen in ein Restaurant am Strand. Ich lade dich ein. Zum Geburtstag.
Ich habe doch gar nicht Geburtstag.
Aber an deinem letzten Geburtstag war ich nicht da und zu deinem nächsten Geburtstag kann ich vielleicht nicht kommen.
Wenn ich ihn noch erlebe.
Ein Grund mehr, mit mir ans Meer zu fahren. Bitte!

Die Großmutter sieht sie lange an. Maria sieht lange zurück. Dazwischen liegt ein halbes Jahrhundert. Vielleicht hast du Recht, sagt die Großmutter schließlich. Aber das Mittagessen bezahle ich.

Gravenhagen, 11.11.2001

Nie war ich dir näher, seit du fort bist. Irgendwo da draußen bist du. Hinter irgendeinem der Fenster sitzt du an einem Tisch, auf einem Sofa, oder liegst in einem Bett. Ahnst vielleicht, dass ich nur wenige Schritte von dir entfernt bin. Hast längst mein Auto mit dem spanischen Kennzeichen gesehen. Bist vermutlich vor mir davongelaufen. Oder stehst gleich im Foyer dieses Hotels, das nur noch die Suite frei hatte. Zwei große Zimmer mit Blick auf einen kleinen See. Eine runde Badewanne.

Hier werde ich bleiben, mit dir oder ohne dich. Ich weiß zwar noch nicht wo, aber ich bin angekommen. Sitze im Bademantel auf dem unberührten Bett, vor mir die vielen beschriebenen Seiten, Skizzen einer Reise ohne feste Route. Alles in mir ist ruhig. Mir ist warm, ich bin satt. Es gibt nichts, was mir fehlt. Nicht einmal deine Gegenwart. Zu wissen, du bist in meiner Nähe, unberührbar, aber wahr, ist alles, was ich will, ist fast mehr, als ich ertragen kann in dieser sternenklaren Nacht.

Es ist einen halben Mond her, dass wir uns an einem anderen Meer verloren haben. Eine messerscharfe gelbe Kurve liegt im Himmel, wir gehen auf die andere

Hälfte zu. Die Küste kann nicht weit sein. Du kannst nicht weit sein. Was ist schon weit? Ein erschüttertes Herz, das vergisst, sich zu verschließen. Ein Augenblick, der sich selbst sieht: Wie ich da am Fenster stehe und auf den See schaue, ein Glas Wasser in der Hand. Eine lebendige Frau, die ebenso gut bereits der Vergangenheit angehören, deren Leben jeden Moment den Rückwärtsgang einlegen könnte, weil die Zeitbombe in ihrem Körper einen Namen hat.
Zum ersten Mal in meinem Leben fürchte ich nicht den Tod selbst, sondern den Zeitpunkt des Sterbens. So oft dachte ich: Leben um jeden Preis. Heute denke ich: Nicht sterben, bevor ich dich nicht noch einmal geküsst habe. Nicht bevor ich dir gesagt habe, was ich jetzt weiß. Was Liebe ist. Es ist das Gefühl, auf mich aufpassen zu müssen. Das Wunder zu spüren, wie etwas über mich hinausgeht. Ein Echo findet in der Welt, die mich umgibt. Das Leben ist nicht mehr nur ein Bild, das ich betrachte, der Wind nicht mehr nur Beiwerk zur Kulisse, die Sonne nicht bloß warmes Gelb auf der Haut. Das Leben ist mit einem Mal etwas, das mich durchdringt, das ich selbst bin. Suchend, ergebend, verrückt. Vor Sehnsucht, vor Angst, vor Glück.
Wenn ich am Morgen aufwache, höre ich in mich hinein. Ordne die Stimmen, die alle durcheinander reden. Die sich überschlagen bei dem Versuch, deinen Namen auszusprechen: María. Besänftige sie, rufe sie zurück. Ich will dich nicht schnell, ich will dich so langsam wie möglich. Will dich hinauszögern, so lange es geht. Vielleicht musste ich deshalb Hals über Kopf das Hotel verlassen, in dem du zwei Türen weiter geschlafen hast.

Weil ich noch einmal den Weg dorthin gehen wollte. Auch wenn mein Herz oft schneller ist. Dann träume ich dich heran, so nah, wie du mir noch nie gewesen bist. Dann denkt alles in mir an dich. Alles. Und Stück für Stück nehme ich es wieder zurück zu mir, damit ich es nicht für immer an dich verliere. Wenn ich mich jemals verschenken wollte, dann an dich, wenn ich es jemals nicht wollte, um es immer wieder tun zu können, dann mit dir. Unsichtbar werden, dein Schatten sein. dich berühren, ohne dich anzufassen, deine Augen streicheln mit jedem Blick, den du nicht siehst. Sein, wo du bist und doch nicht. Dich immer wieder suchen wollen, nur um dich zu finden.

Der schlimmste Schmerz ist nicht der erste. Der erste Schmerz steht unter Schock. Das Herz lässt sich ein paar Tage belügen, wegdenken, vorbeiwinken. Dann schlägt es aus. Wie eine Furie. Beschuldigt die ganze Welt. Beschuldigt vor allem sich selbst. Warum so, an diesem Tag, in dieser Nacht und nicht anders? Warum sie, warum noch einmal? Warum schon wieder auf der Flucht?

Maria sitzt an der Hotelbar und bestellt den dritten Wodka Lime. Es ist schon spät, sie ist der letzte Gast für heute Abend. Der Barkeeper sieht sie mitleidig an, und sie kann sich vorstellen, was er denkt: Liebeskummer. Sie gibt sich keinerlei Mühe, einen anderen Eindruck zu erwecken, denn er hat Recht. Sie leidet, weil sie liebt. Eine Frau, die sie verlässt, noch bevor sie einander begegnen. Eine Frau, der sie am liebsten schon nach vierundzwanzig Stunden sagen will: T'estimo, obwohl sie nichts auf romantische Lippenbekenntnisse gibt. Nur ahnen kann, was ihr keine Ruhe lässt: Die Wunde, die Bea auf den Leib geschrieben ist. Ihre Stimme aus der Tiefe, sanftes Geröll über weiche Erde. Die dunklen Augen: schlafende Löwin. Der fein geschwungene Mund, der keine Regung auslässt. Eine Frau, die ihr seit dem ersten Augenblick auf den Fersen ist, sie verfolgt ohne Ziel. Die stirbt, ohne ihre Leiche zu hinterlassen. Herumgeistert in ihren Gedanken und nachts auf der Haut. Maria kippt den Drink hinunter, geht hinaus in die kalte Nacht: Wohin soll sie mit all den Toten?

Bea studiert die Straßenkarte im Hotelprospekt, bevor sie losfährt. Die Hauptstraße entlang, nach dem Dorf rechts, dann immer geradeaus: Dort soll nach drei Kilometern das Meer sein. Sie fährt langsam, mustert den Ort. Alles hier ist klein. Die Häuser mit den Giebeldächern, die Schaufenster mit ihren spärlichen Auslagen. Selbst die Menschen, die vereinzelt auf den Gehwegen mit Einkaufstaschen aneinander vorbeigehen, kommen ihr vor wie Zwerge. Die Kirche ist winzig, die Mauer davor niedrig, und an der Bushaltestelle stehen kaum Menschen: eine alte Frau und María.

Ihr Herz schlägt schneller. Sie beschleunigt den Wagen und fährt weiter bis zu nächsten Kreuzung. Dort bleibt sie stehen. Ihr Puls rast. Sie wartet. Im Rückspiegel beobachtet sie, wie María und die alte Frau miteinander reden. Dann sieht sie den Bus kommen. Er hält an, öffnet die Türen, spuckt ein paar Menschen aus und verschluckt andere. Auch María. Der Bus setzt sich in Bewegung und fährt gemächlich an Bea vorbei.

Die Großmutter ist aufgeregt, ihre letzte Busfahrt ist lange her. Sie sieht die Landschaft, in der sie ihr ganzes Leben zugebracht hat, von oben. Schweigend lässt sie ihren Blick über die Felder streifen, über die Bäume, die dicht gedrängt um winzige Seen stehen.
Weißt du, wie Geografen die Wasserinseln nennen? fragt Maria und deutet auf eine der Baumgruppen.
Die Großmutter schüttelt den Kopf.
Toteislöcher.
Das ist aber kein schöner Name dafür.
Sie steigen am Rathaus des kleinen Kurortes aus, laufen langsam Richtung Strand. Die Großmutter hat sich links bei Maria eingehakt, rechts stützt sie sich auf ihren schwarzen Ausgehstock mit dem wohlgeformten Holzgriff.
Alles ist neu hier, die Dächer frisch gedeckt, die Fassaden gestrichen, in den Schaufenstern der Geschäfte liegen hübsch dekorierte Geschenkartikel, modische Kleider und teure Kosmetikartikel.
Wenn man sich vorstellt, sagt die Großmutter und sagt nicht, woran sie denkt: an ein Dorf, in dem die Sommerresidenzen nach und nach verfielen und einige Strandkörbe das ganze Jahr draußen standen.
Gibt es noch Strandkörbe?
Bestimmt. Komm, wir suchen einen.
Es sind nicht viele Spaziergänger am Strand, die Saison ist längst vorbei. Sie setzen sich auf eine Bank hinter den Dünen.

Hier ist es auch schön, sagt die Großmutter. Hier zieht es nicht.
Vor ihnen liegen das Meer und die Landungsbrücke, auf der man so tun kann, als liefe man in das Wasser hinein. Am Ende ist ein Fernrohr aufgebaut: zwei Minuten Horizont für eine Mark.
Nun geh schon. Du hast es als Kind schon immer nicht abwarten können!
Maria zieht sich den Schal fester um den Hals, knöpft die Jacke zu. Auf der Brücke weht ein scharfer Wind. Wie groß ist sie geworden, seit sie an der Hand der Großmutter, die den Weg nun nicht mehr schafft, durch die Gitterstäbe links und rechts der Brücke auf die Wellen starrt. Wissen will wie tief, wie weit, wie wild es ist, das Meer. Nichts davon in Erfahrung bringt, außer dass es unergründlich ist. Sie vergräbt die Hände tiefer in den Taschen. Denkt an den Vater. Mit siebzehn überlebt er schiffbrüchig in der kalten Nordsee, mit sechzig versagt im warmen Bett das Herz. Ein Matrose, den der Landgang auf dem Gewissen hat. Der eine Spur auf hoher See hinterlässt: ein Kind, das niemals erwachsen wird, das niemals die Angst um den Boden unter den Füßen verliert. Das aus dem Leben ein Versteckspiel macht.
Maria erreicht das Ende der Brücke. Sie muss sich nicht mehr auf die stählerne Stufe stellen, um durch das Fernrohr hindurchsehen zu können. Am Horizont zwei Tanker, kein Segelschiff. Segelschiffe sind von vorgestern. Links an den Felsen suchen gutgläubige Touristen Bernstein. Rechts schwenkt ein Baukran

vor der neuen Herz-Kreislauf-Klinik eine Stahlplatte durch die Luft.
Maria dreht das blaue Fernrohr herum, sucht die Großmutter, die dort auf der Bank sitzt, will ihr winken, tut es nicht, weil sie weiß, die alte Frau sieht sie nicht. Dreht noch ein wenig weiter. Beobachtet nun die Spaziergänger, die ihr auf der Brücke entgegengehen. Eine Familie mit zwei Kindern: der Sohn an der Hand des Mannes, die Tochter an der Hand der Frau. Hinter ihnen drei Jugendliche, die auf halber Strecke abdrehen.
Gerade will sie die Linse gen Himmel richten, als ihr Blick an einer Silhouette hängen bleibt. Sie erkennt sie am Gang. Sie geht ein wenig gebeugt, hält sich mit beiden Armen den Mantel zu. Kommt ihr geradewegs entgegen. Maria richtet sich auf und blickt über das Fernrohr hinaus.
Hinter ihr schlägt das Meer hohe Wellen, vor ihr schlägt das Herz Purzelbäume. Sie kann sich nicht rühren. Wartet regungslos. Bis Bea vor ihr stehen bleibt.